Anne Tyler　Redhead by the Side of the Road

この道の先に、いつもの赤毛

アン・タイラー　小川高義 訳　早川書房

この道の先に、いつもの赤毛

REDHEAD BY THE SIDE OF THE ROAD
by
Anne Tyler

Translated by
Takayoshi Ogawa
First published 2022 in Japan by
Hayakawa Publishing, Inc.
This book is published in Japan by
arrangement with
Claire Roberts Global Literary Management
through Japan Uni Agency, Inc., Tokyo.

装幀／田中久子
装画／カシワイ

1

マイカ・モーティマーのような男は、何を考えて生きているのかわからない。一人暮らしで、付き合いが少なく、その日常は石に刻んだように決まりきっている。毎朝、七時十五分になると、ランニングに出ていく姿がある。十時か十時半には、〈テック・ハーミット〉と書かれたマグネット式の表示板を、いつも乗っている起亜（キア）のルーフ上にくっつける。いつ仕事で呼び出されるのかは不定だが、一日に何件かの依頼はあるもので、彼が技術サービスに出かけない日はないようだ。午後にはアパート全体の雑用をすることがある。管理人も兼ねているということで、通路の掃除をして、マットをはたいて、配管工と打ち合わせるのも業務のうちだ。月曜の夜は、収集日の前日なので、ゴミ箱を路地に出しておく。水曜の夜にはリサイクル箱を出す。だいたい夜の十時あたりに、壁際の植え込みの陰で、細めた目のような三つの窓が暗くなる（彼の部屋は地面よりも下にあって、住んで楽しいこともなさそうだ）。

彼は身長があって、骨張っていて、四十の坂は越している。いくらか首が前に出て、いくらか猫背で、姿勢がよいとは言えない。髪の毛は真っ黒なのだが、ひげを剃らなかった翌日には、ぽつぽつと頬に白いものが出るようになった。目は青く、眉は太く、頬がこけている。口はぎゅっと結んだように見える。いつも変わらない服装は、ジーンズと、季節によってTシャツまたはスエットシャツ。よほどに寒くなれば、色が脱けてきたような茶色の革ジャケットも着る。爪先の丸い茶色の靴は、だいぶ擦り切れてきたが、もともと子供が通学に履くような素っ気ないものだ。ランニング用にも古ぼけた白のスニーカーを使っているだけのことで、蛍光ラインが入っていたり、ソールにジェルが封入してあったり、というような一般に好まれるランニングシューズではない。膝丈のカットオフジーンズを、短パンということにして走っている。

付き合っている女はいるのだが、くっついて暮らしているわけではなさそうだ。女がテークアウトで買ったものの袋を持って、彼のアパートの裏口へ行こうとするのが見受けられる。週末の朝に二人でキアに乗って出かけることもあるが、さすがにルーフの表示板は出さない。男同士の付き合いはなさそうである。アパート内での人当たりはやわらかいとして、それ以上ではない。住人が顔を合わせて挨拶すると、彼のほうでも愛想よくうなずいて、手を上げたりもするが、たいして口はきかない。どこかに妻子がいるのかどうか、そこまでは誰も知らない。

アパートの所在地はガヴァンズである。ボルティモアの市街を北寄りに行って、ヨーク・ロードの東側に、レンガの小箱のような三階建てがある。右隣がレイクトラウトを食べさせる店で、左隣は古着屋だ。裏手には小さな駐車場があって、表側に小さな芝地がある。正面のポーチはコンクリートの段々と言ったほうがいいような間の抜けたもので、ブランコ式の椅子が下がっているが、板材に裂け目ができていて、坐ろうという人はいない。くすんだような白いドアの横に、ドアベルがいくつか縦一列にならんでいる。

この男が、人生とは、などと考えることはあるだろうか。その意味は、要点は――。これから三十年、四十年、まったく同じように生きていくことを思い悩んだりしないのか。それは誰にもわからない。問おうとした人もいないだろう。

十月下旬の月曜日、彼が朝食をとっている最中に、この日一番の電話がかかった。いつもなら、朝の予定として、ランニング、シャワー、朝食、ちょっと片付け、というように進んでいく。その順序を乱されるのは不愉快だ。ポケットから携帯を出して画面を見ると、エミリー・プレスコットという名前が出ていた。高齢の女性客だ。携帯の電話帳に残っているくらいには、何度か仕事の依頼があった。この手の客は、修理の内容は簡単なのだが、小うるさい質問がとめどない。いつでも必ず、なんで、と聞きたがる。「どうしてこうなったの？　きのうの晩、寝しなに何ともなかったコンピューターが、けさ起きたら、わけわかんなくなってる。あたし、何にもしてないのよ。ぐっすり寝てたんだもの」

「いや、まあ、ともかく直りましたから」と彼は言う。

「でも、なんで直さなくちゃいけなかった？　どこがおかしかった？」

「コンピューターってのは、そういうこと言ってもだめなんです」

「なんで？」

だが、こういう客が生活の糧になる。しかもホームランドに住んでいる。すぐ近くだ。彼は〝通話〟を押して、「はい、〈テック・ハーミット〉」と言った。

「モーティマーさん？」

「あー、はい」

「ええと、ほら、エミリー・プレスコットだけど。いまね、とんでもない非常事態なのよ」

「どうしました？」

「だってコンピューターがちっとも動かないんだもの。うんともすんとも言わない。どこのサイトへも行けないの。Ｗｉ‐Ｆｉの表示は点灯してるのに」

「再起動してみました？」

「何それ」

「いったん切って、また電源を入れるんです。こないだ実演したでしょ」

「ああ、あれね。ちょっと落ち着きなさいっていう、お仕置きの時間」ふふっと笑う声がした。

「やってみたわよ。だめだった」

「そうですか。じゃあ、十一時頃に伺うってことで」

「十一時？」

「ええ」

「あら、水曜日が孫娘の誕生日なんで、プレゼントを注文するつもりだったのよ。翌々日配達だと送料がかからないから、早くしないと」

これには何とも言わない。

「じゃ、まあ」彼女は溜息をついて、「それでいいわ。十一時ね。待ってますよ。住所おわかりだっけ」

「わかってます」

電話を切ってから、また一口、トーストをかじった。

彼の専有部分は、地階としては意外に広い。まず縦長の広い空間があって、これが居間とキッチンを兼ねている。小さいながらも寝室が二つ、およびバスルーム。それなりに天井の高さもある。フロアはビニールのタイル張りだが、アイボリーの縞目が出るようになっていて、そう悪いものではない。カウチの前にはベージュ色のラグを敷いている。天井近くに細い窓があるだけなので、たいして外の景色は見えないが、日が照っているかどうかはわかる。きょうは晴れだ。もう木の葉が色を変える季節で、すでに落ちた枯葉がアゼリアの根元にたまってきた。あとで熊手を持ち出して、ちょっと寄せておいてもいいだろう。

コーヒーを最後まで飲むと、椅子を引いて立ち上がり、皿を流しへ持っていった。こういうことには決まった方式がある。まず皿を水に浸けておいて、テーブルとカウンターを拭いて、バターをしまって、椅子の下にスティック型の掃除機をかける。うっかりパン屑を落としていないかという用心だ。ちゃんと掃除機をかけるのは金曜日なのだが、それまでにも合間を見ながら先手を打っておきたい。

月曜日はモップをかける日だ。キッチンのフロア、およびバスルーム。「もっぷ、カケル、おー、タイヘン」そんなことを言いつつ、バケツに湯を入れた。何かの用事をしながら、へんな外国語らしき訛(なま)りのついた独りごとを発する癖がある。きょうはドイツ語らしい。ロシア語かもしれない。「もっぷ、カケル、コノふろあ」だがバスルームには掃除機を省略して、いきなりモップでよいだろう。その必要がない。先週からの清浄が保たれている。もし掃除をして、きれいになったと思うのならば――たとえばコーヒーテーブルがぴかぴかになったり、ラグの糸屑が消えてなくなったりするような、目に見える変化があるならば――その掃除は遅すぎたのである。これがマイカの持論になっていた。

家事にはプライドがある。

モップかけが終わって、バケツの水を洗濯室の流しに捨てた。モップは給湯器に立てかけておく。それから部屋に戻って、今度は居間の作業に取りかかった。カウチに掛けてあったアフガン毛布をたたんで、ビールの空き缶をぽいぽい捨てて、クッションをたたいて整える。家具と言えるものは少ない。カウチがあって、コーヒーテーブルがある。リクライニングチェアもあるが、みっともない茶色のビニール張り。いずれも彼が引っ越してきた日にはもうアパートに置かれていた。彼が追加したのは、技術雑誌やマニュアルを置くのに便利な、メタルラックしかない。ほかに読むものと言えば——たいていはミステリか伝記だが——リサイクルの古本をもらってきて、読んだら返しに行く。さもないと棚を買い足すことになったろう。

そろそろキッチンのフロアが乾いているので、そっちへ戻って朝食の皿を洗い流し、水気をぬぐって片付けた（放ったらかしの自然乾燥、という考えもあるだろうが、マイカは水切り棚に皿がならんでいると、見た目にごちゃごちゃしていやだった）。それから眼鏡をかけ——縁なしで遠くが見やすい運転用である——ルーフにくっつける表示板と商売道具のカバンを引っつかむと、アパートの裏口から出ていった。

この奥側の出口からすぐにコンクリートの階段があって、地上に出れば駐車場である。上がってから足を止めて、天気の様子を見た。朝のランニングをしたときより気温が上がって、風もやんでいた。ジャケットを持ってこなかったのは正解だ。〈テック・ハーミット〉の表示を車の上にくっつけて、自分も乗り込み、エンジンをかけた。するとエド・アレンを見かけたので、手を上げて挨拶した。ピックアップに乗ろうとするエドが、弁当持参で重い足を運んでいる。

いざ運転席に坐ると、マイカには空想することがあった。何でもお見通しの交通監視システムに、しっかり評価されていると思いたい。心の中では〝交通の神〟と呼んでいるシステムであって、シャツ姿にグリーンのバイザーをかぶった隊員が、マイカの完璧な運転ぶりを見ては、「ほら、たとえ後続車がいなくても、ちゃんとウインカーを出してるぞ」などと口々に誉めそやす。マイカは常に、いつ何時でも、ウインカーを忘れない。自分の駐車スペースに出入りするだけでも、そのようにしている。加速するとしたら、アクセルペダルの下に卵があるというイメージを心掛ける。止まるとしたら、止まった瞬間がわからないくらいの、静かなブレーキ操作をする。ほかの車が直前の車線変更で割り込む事態になっても、マイカならばおとなしく減速して、左の手のひらを上に向け、お先にどうぞ、と示してやる。「ほら、見たか?」とシステムの隊員が言い合う。「あの運転マナーには、非の打ちどころがない」

などと考えていれば、ちょっとした退屈しのぎにはなる。

テンリーデール・ロードへ折れてから、歩道に寄せて止まった。だが道具カバンを手にしようとした瞬間に、携帯の呼び出し音が鳴った。これをポケットから引っ張り出して、画面を見ようと眼鏡を大きくずり上げた。キャシア・スレイドと出ている。めずらしいことだ。キャスは彼が付き合っている女で（三十代後半になっている女をガールフレンドとは言いたくない）、この時間帯に話をすることはあまりない。たぶん勤務中だろう。四年生の子供らに取り巻かれて身動きできないはずだ。彼は〝通話〟をたたいて、「どうしたんだ？」と言った。

「あたし、追い出される」

「え？」

「アパートを立ち退けって言われてるの」いつもの彼女なら低く落ち着いた声を出して、それが好ましいとマイカは思っているのだが、いまは詰まらせた声に切迫感があった。

「しかし、立ち退くと言ったたって、もともと自分で借りてるわけでもないんだろ」

「そうだけどね。けさ予告もなしにナンが来たのよ」ナンというのは実際にアパートを借りている女で、すでに婚約者と港の近くの分譲アパートに暮らしていながら、このアパートも、名義上、借りたままにしている。キャスには理解できないらしいが、そういうこともあるだろうとマイカは思っていた（退路をすべて閉ざすのはよくない）。「いきなりドアベルが鳴ったのよ。不意打ちだわ」キャスは言った。「猫を隠す暇もなかった」

「ああ、あの猫か」

「おとなしく引っ込んででてくれればよかったのに。あたし、できるだけナンの視界をさえぎろうとして、このまま入ってこなけりゃいいと思ってたんだけど、何かしら取りにきたものがあるとか言うのよ。それから〝何あれっ〟てことになって、ナンの視線はあたしを通過して猫に行ってた。まったくおヒゲちゃんたら、そういうときにかぎって、キッチンの入口にぬっと出てきて、こっち見てんのよ。知らない人が来ると我慢できないみたい。あたし、飼うつもりで飼ったんじゃないって、ナンにわからせようとしたの。正面側の半地下になってる窓際に、いつのまにか来ちゃってたんだもの。そうしたらナンがね、〝そういう問題じゃなくて、あたしは死ぬほど猫アレルギーなの〟って言うのよ。〝ひと月前に猫が歩いた部屋の空気が、ふわっと漂っただけでも──猫の毛が一本、ラグに落ちてただけでも──ああ、だめ、こんなこと言ってるだけで息が苦しくなってくる!〟なんて後ずさりして出ていくんで、あたしも〝待ってよ〟って追いかけようとしたら、振り払うような手つきをされたわ。〝あとで連絡する〟って言ってたけど、どういう連絡か決まったようなもんじゃない」

「いやあ、そこまではどうだろ」マイカは言った。「たぶん今夜あたり電話があって、ぎゅうぎゅうとっちめられて、平謝りするしかなくて、それでおしまい、なんてとこじゃないかな。ただ、猫はどうにか追い出すしかないのかも」

「いやよ、いまさら。ようやくおヒゲちゃんがなじんでくれそうになってるのに」

ふだんのキャスは浮ついたことを言わない女なのだが、この猫のことになるとわけがわからない。「まあ、待てよ、どうも話が先走ってやしないか。いまのところは、あとで連絡すると言われただけだろう」

「あたし、どこへ立ち退けばいいのかしら」

「そんなこと、誰も言ってないって」

「どうせ、そうなる」

「ま、ともかく、そうと言われるまで、引っ越しの支度なんてするなよ」

「ペット可の物件て、なかなか見つからないんだもの」キャスは人の話を聞いていないように言った。「ホームレスになったらどうしよう」

「あのなあ、ペットのいる人なんて、このボルティモアにどれだけ住んでるんだ。どこかに見つかるに決まってるさ」

ふと静かになった。電話の向こうに子供の声がしているが、だいぶ離れているらしい。いま校庭に出ているということか。休み時間なのだろう。

「キャス?」

「わかったわ。じゃあね、ありがと」彼女は唐突に言って、通話が切れた。

彼はちょっとだけ画面に目を落として、上げていた眼鏡の位置を戻し、携帯をしまった。

「こんな鶏みたいにやかましくて物わかりの悪いばあさんも、めずらしいんじゃないの?」ミセス・プレスコットが言った。

「いや、とんでもない」という答えに嘘はない。「上から十番目にも入りませんよ」

おかしな言い方をするものだと彼は笑いそうになった。なるほど鶏に似ていなくもない。小さい丸顔である。その下は胸から腹まで一つの枕になったような寸胴の体型で、これが爪楊枝みたいな脚に載っている。いま自宅にいるというのに、小さなハイヒールの靴を履いて、ぎくしゃく歩いていた。

マイカは机の下にもぐっている。ずっしりした古風なロールトップ型の机で、作業スペースは驚くほどに狭い(コンピューターをひどく変わった場所に置く人が多いのだが、いまだに万年筆で書いていた時代を抜けられないのだろうか)。すでに彼はごちゃごちゃしたサージプロテクターまわりの配線から、二本のケーブルを引き抜いていた。それぞれに〝モデム〟〝ルーター〟というラベルがついている。彼がしっかりした大文字で書いたものだ。いま彼は腕時計の秒針を見ていた。じっくり見てから「ようし」と言って、モデムのケーブルを再接続し、また秒針に目を戻した。

「あの、グリンダの話だけどね、あたしの友だち。何か聞いてない?」ミセス・プレスコットが言った。「あんたに頼みなって言ってるのよ。コンピューターがこわいんだってさ。メールしか使ってないみたい。どんな情報だって、こんなのには入れたくない、なんて言ってるから、あんたの本のこと教えといた」

「あ、はあ」とマイカは言った。本というのは『まず電源オン』という解説書で、〈ウルコット出版〉から出ている。この会社としては売れている部類だが、いかにも地域限定の企業なので、こんなものを出して金が儲かるとは彼も思っていない。

ルーターのケーブルも再接続して、机の下から這い出そうとした。「この仕事が大変なのは、こういうとこなんで」と言いながら、まず膝を突くと、机の縁につかまって立ち上がった。

「やだ。そんなこと言う年じゃないでしょうに」ミセス・プレスコットが言った。

「いや、いや、今度の誕生日で四十四ですよ」

「ほうら、やっぱり――。それで、グリンダにはね、あんたに頼めば、講習もしてもらえるよって言ったの。そしたら、どうせ見送ってから二分後には忘れちゃうって」

「そうでしょう。だから本を買ってもらえばいいんです」

「でも、じかに教えてもらえるんだったら――あ、これ！　出てきた！」

彼女はモニター画面に目を丸くして、顎の下で手を組んでいた。「ほら、アマゾン！」と、わくわくしたように言う。

「で、ともかく、いま何をどうしたか、見てましたよね？」

「ええっと……まあその、あんまり」

「いったん電源を落として、まずモデム、それからルーターの順番で、ケーブルを抜きました。どっちがどっちってラベルに書いてあります」

「でもねえ、ちっとも覚えられないんで」

「じゃ、まあ、そういうことで」と、彼は机に置いたクリップボードに手を伸ばし、請求書に数字を入れようとした。

「あたしね、孫娘にアフリカン・アメリカンのお人形さんを買おうかなと思ってるの。どうかしらね？」

「お孫さん、アフリカ系？」

「いえ、違うわよ」

「へえ、何だか、ちぐはぐのような」

「あら、やだ、そんなことないと思うけど」

彼は用紙の一枚目を引きはがして、客に持たせた。「こんなんで請求するのも気が引けますよ。ちょいちょいと作業しただけなんで」

「それを言わないでよ。命の恩人みたいなもんだわ。この三倍でもおかしくない」と言って、彼女は小切手帳を取りに行った。

とは言いながら、と帰りの車を走らせながら、彼は思った。たとえ三倍もらっても、この商売だけでは食っていけるかわからない。だが一方で、こうして働くことは嫌いではないし、いまの仕事なら一応は自営業だ。ああだこうだ命じられて勤めるのは、どうも性分に合わない。

これでも将来を見込まれていた昔がある。大学まで行ったのは、一家では彼のほかにいなかった。父は〈ボルティモア・ガス&エレクトリック〉に雇われて、樹木の伐採をしていた。母はウエートレスだった。その娘四人も同様で、四人とも現役である。マイカは一家にとって輝ける希望の星だった。いつしか、そうではなくなった。まずはアルバイトである。細々とした奨学金を補うために、いくつも掛け持ちしていれば、どうしても学業は苦しくなる。また、それ以上に、大学自体が予想とは違っていた。大学へ行けば、ちゃんと答えが見つかると思っていた。これだ、という理論があって、世界のすべてを整理して考えられるようになるはずが、なんだか高校の延長のようだった。いつもの先生が同じことを繰り返す講義中に、いつもの学生が欠伸(あくび)をして、もぞもぞ動いて、私語を交わす。彼はすっかり熱意を失った。じたばた模索して、二度も専攻を変えてから、結局、コンピューター・サイエンスへ行った。これなら少なくとも、イエスかノーか、黒か白か、という決まった感じがあって、ドミノゲームのように理詰めで考えていけた。第四学年の半ばに(ここまで来るのに五年かかっていたが)彼は中退して、級友のデュース・ボールドウィンと共同でソフトウェア会社を立ち上げた。デュースは資金を出して、マイカは知恵を出した。それで考案したのは、Eメールを整理保管するためのプログラムだ。いずれ恐竜のように滅ぶしかないもので、世の中はずっと先へ行ったのだが、その当時の需要には合致していた。だからこそデュースとは付き合いきれないとわかったのは残念なことだ。まったく金のあるやつは、どいつもこいつも、えらそうに威張りくさっている。どんどん事態は悪化して、こうなったら辞めてやるという結末になった。そうと見越して権利を確保しておけばよかったが、せっかくのプログラムは置き去りにするしかなかった。

駐車場で、所定の位置に停車し、エンジンを切った。時計を見れば、いま十一時四十七分。「文句なし」と心の中の監視システムが言う。行って帰ってくる運転に、まったくミスはなかった。下手な操作も一切なし。

こうしてみると、いまの暮らしも悪くない。不幸だと思う理由はない。

コンピューターのウィルスを駆除してくれという男がいた。ある個人商店がオンライン決済を始めたいと言った。そんな仕事の合間に、1B号室の壁スイッチの不具合を見に行った。ヨーランダ・パルマの部屋である。もう五十は越えているだろうが、見た目の印象はものすごい。たてがみを逆立てたような濃い色の髪の下に、間延びして沈んだ顔がある。「あんた、最近どうなの?」電圧の点検をするマイカを見ながら、彼女が言った。いつも昔から親しいような口をきくが、そんなことはない。「いや、別に、どうってことも」と彼は言ったのだが、言わなくても同じだったようで、もう彼女は自分の話をしていた。「あたしさあ、また始めちゃったのよ。新規の出会い系サービスに入会して、一からやり直し。まったく性懲りもないよね」

「それで、どうなってるの？」彼は言った。壁のスイッチは死んだように反応がない。

「きのうの晩、そいつとね、〈スワロー・アト・ザ・ホロー〉で飲んだの。土地家屋調査士なんだって。六フィート一インチって、口では言ってたけど、どんなもんだか。ちょいと体重も落としといてくれればよかった、なんて言ったら、あたしはどうなんだって話になるね。ま、ともかく、離婚してから三週間半だって言うの。三週間に半がつくんだから、日にちまで数えてるみたいで、いい感じしないよ。どれだけ悲劇の主人公なのさって言いたい。そしたら、おいでなすった、元の女房がモデルみたいないい女だったって言いだすの。着ていたドレスは、きっちり細身のサイズ2。すうっと高いハイヒールしか持ってないので、踵（かかと）だか何だか、そのへんの腱が引っ張られて、足の爪先が反り返ったきりなんだって。夜中に裸足でバスルームへ行こうとしても、爪先立ったようになる。それをね、さも色っぽいことみたいに言うのよ。でも、あたしに言わせれば、そんなの蹄（ひづめ）がついた女としか思えない。そうでしょ？」

「これは新品のスイッチを持ってこないと直らないね」マイカは言った。

いま彼女はシガレットに火をつけていて、まず煙を吐かないと口がきけなかった。「わかった」とだけ、あっさり言って、ライターをポケットに落とし込む。「それでね、一杯だけ飲んで、じゃあ、そろそろ帰るわ、って言ったの。そしたら〝帰る？〟なんて言うのよ。〝うちへ来るんじゃないかと思った〟だってさ。手を伸ばして、あたしの膝をぎゅっと押さえて、にたりと笑ったような顔で、あたしの目を見るのよ。そいつの目を見返して、あたし、固まっちゃった。もう言葉もないわ。ようやく手を離してくれて、〝そうでも、ないらしいな〟だって」

「はあ」

マイカは壁スイッチのプレートを元に戻していた。ヨーランダは煙を吐くたびに、片手で振り払うような動きをつけて、じっくり考えるように見ていた。「今夜の人は、歯医者なの」

「また行くの？」

「結婚歴はないんだって。だからいいのか悪いのか」

マイカは腰をかがめて、道具バケツにドライバーを落とした。「一日か二日したら、新品を仕入れてくるよ」

「あたし、うちにいる」

いつもいるじゃないか、と彼は思った。どういう仕事をしているのだろう。

彼を送り出そうとしながら、「どう思う？」と言った女が、にかっと笑う顔になった。思いきり歯を見せている。やたらに角張って大きな歯が、ピアノの鍵盤を二段ならべたように総登場していた。

「どうって、何を？」

「歯に合格点つくかしら」

「そりゃもう」

それよりは喫煙のほうに何か言われないかと彼は思った。

「メールの感じだと、よさそうな人なのよね」

女の顔がぱっと明るくなって、もう沈んではいなかった。


月曜日の晩というのは、いつもならキャスに会う時間ではない。だが、この日、最後の出張に呼ばれたのは足のケアをする医院で、環状道路の外側まで出向くことになった。その帰り道に、ひょいと目についた赤と白の看板がある。彼の好きなバーベキュー店が道路の左手に見えて、くねくねした文字で〈アンディ・ネルソン〉と出ていた。つい衝動に負けて駐車場に入ってから、キャスに宛てて、夕食にテークアウトで買っていこうか、というメールを送った。すぐに返信が来た。ということは、もう彼女は仕事から帰っているのだろう。賛成！　と書いてあったので、彼はエンジンを切って、店に行った。

もう五時を回っていて、だいぶ待たされることになった。だぶだぶのカバーオールを着た作業員、でれでれして寄り添う若いカップル、ぎゃあぎゃあ騒いでまとわりつく子供に弱りきった顔の女たちが、店内にひしめいていたのだった。煙の匂い、酢の匂いが、空腹感を誘った。きょうの昼にはピーナツバターとレーズンのサンドイッチしか食べていない。つい多めに買いたくなって、適量の二倍ほども注文していた。リブのほかに、コラードグリーン、ポテトウェッジ、コーンブレッドも買った。二つのレジ袋が満杯だ。高速に乗って走りながら、後部座席から流れてくる匂いに、ひたすら我慢を強いられていた。

ちょうど道路が混む時間帯で、カーラジオは渋滞ぎみという警報を出していたが、そっちへの心の接続は解除して、彼はハンドルに軽く手を添えるだけにした。遠くに見える山々に酸化が進んでいる、という気がした。たった一晩で、木の葉がぼやけたオレンジ色になっていた。

キャスが住んでいる家は、ハーフォード・ロードから折れたところにある。正面に小さなポーチがあって、白い羽目板がくすんできている。家族向けの一戸建てとも思われそうだが、玄関を入ると右手に階段があり、これを上がった二階に彼女のアパートがあった。マイカは階段を上がってから、レジ袋を一つ持ち替えて、ドアをたたいた。「なんてまあ、いい匂い」彼を部屋に入れながらキャスが言った。袋を一つ受け取って、キッチンに先導する。

「コッキーズビルへ行った帰りに、ふらふらと駐車場へ入ってしまった。買いすぎたかもしれないね」彼は持っていた袋をカウンターに置くと、彼女にちゅっとキスをした。

彼女は先生らしい服装のままだった。それなりのスカートに、それなりのセーター。どうということもない地味な装いなのだが、これでいいのだと彼は何となく思っていた。もともと全体に見た目はいいとも思っている。身長があって悠然と動く。かなり胸が張って腰幅もある。大人の女らしい黒のパンプスから、ずっしりした丈夫なふくらはぎが立ち上がる。いわば熟女の域に達しているようで、それがマイカの男心をそそった。すでに彼はかわいい小娘タイプへの興味を卒業したらしい。彼女は輪郭が大きくて落ち着いた顔立ちをしている。目の色は深みのあるグレー系のグリーン。小麦色の髪は肩まで届くかどうかの長さで、無造作に分けただけの気楽なものだ。この女を見ていると安心する、と彼は思った。

もう彼女はキッチンのテーブルに支度をして、中央にロール型のペーパータオルを置いていた。バーベキューリブを食べるとなったら、普通のナプキンでは間に合わない。彼女が袋を開けて中身を出している間に、マイカは冷蔵庫から缶ビールを二つ出した。一つは彼女に、もう一つは自分用として、向かい合うように坐った。

「きょうは、どうだった？」彼女が言った。

「まあまあかな。そっちは？」

「そうねえ、おヒゲちゃんのことが、ナンにばれちゃったけども……」

「あ、そうか」いままで忘れていた。

「さっき学校から帰ったら、電話してくれってメッセージが携帯に来てた」

その先を聞こうとマイカが思っていると、キャスはコラードグリーンをいくらか取り分けてから、彼に回してきた。

「で、何て言われたんだ?」と彼のほうから聞く。

「まだわかんないのよ」

「電話したんじゃないの?」

キャスは発泡スチロールの箱からリブを三つ選んだ。ぎゅっと結んだ唇が、案外、意地っ張りな表情だ。どういう顔をする子供だったのか、ちらりと垣間見たようでもあった。

「放っといても、しょうがないよ」彼は言った。「先延ばししてるだけだもんな」

「わかってる」ぶつっと切るような返事だった。

この話を追いかけるのはよそうと思って、彼はリブにかじりついた。

キャスが自宅にいる時間には、片時の例外もなく、音楽か、ニュースか、そのほか何かしら電波に乗ってくるものが聞こえていた。朝にはNPRのラジオ、夜には見ても見なくてもテレビがついている。食事時だとキッチンのラジオから、やわらかなイージーリスニングの音楽が間断なく流れていた。静寂を好むマイカとしては、しばらく耳を閉ざして聞こえないことにしているのだが、そのうちに何だかもやもやして落ち着かず、やはり聞こえるものは聞こえると思ってしまう。いま彼は口を開いて、「ちょっとだけ音を下げてもいいかな」と言った。キャスは仕方なさそうな顔を見せて、ボリュームに手を伸ばした。どうせなら消してくれたらよかったのだが、そこまでは言いすぎかもしれない。

キャスと付き合うようになって、かれこれ三年になる。おおよそ気心の知れた安定感が出てきていた。どのへんで折り合うか、我慢をきかすか、こだわりを捨てるか。もう要領をつかんだ、と言ってよいのかもしれない。

だいぶ食事が進んでから、あらためてナンの話が持ち出された。「だけど、自分だってどうなのよ」と言うので何のことだろうと思っていたら、すぐに話は先へ行った。「すごく大きなゴールデンレトリバーがいるんだもの。そりゃね、たしかにナンじゃなくて婚約者の犬なんだけども、あたしがおヒゲちゃんと別れたくない気持ちはわかりそうなもんじゃないの」

こんな名前を猫につけるとは、あまりキャスらしくない、と以前から思っていた。やけに可愛らしい感じがする。もうちょっと立派にしてもいい。ハーマンとか、ジョージとか、そんなのでよかろう。もちろん思っただけで口には出さない。「そう言えば、あのヒゲ、どこ行った?」彼はキッチンを見回したが、どこにも猫らしき姿はない。

「だからおかしいのよ。いつだって、ほかの人が来れば、どこかに引っ込んじゃう。ナンが来てるのに顔を出したなんて、とんでもなく間の悪い偶然だった」

「いや、しかし、それはともかく、いつになったらナンがここを明け渡して、きみが正式の借り主になるんだ？　ナンはずっと婚約してるんだろう。おれたちが知り合う前からじゃないか」

「いい質問です。出会って、恋をして、一緒に住んで、夫婦になる。ところがナンはそういうものだと知らないみたい」

ちょっと話が切れたのをいいことに、彼はキャスの教え子に話題を変えた。ディーモレイという問題児がいるのだ。この子が教室へ来れば、とたんに騒動が持ち上がる。ただ、祖母と自動車に寝泊まりしているという境遇で、キャスは情にほだされるところがあるらしい。

この日の昼休みには、ジェナヤという女の子の背中にプラスチックの物差しを突きつけておいて、飛び出しナイフだと言っておどかしたらしい。たしかに話題としてはおもしろい。

夕食を終えて、テーブルの上を片付けた。皿をカウンターに重ねておいたのは、キッチンを出る前にすべての片付けを完了すべしというマイカの信念を、キャスは持ち合わせていないからだ。キャスが所有する皿は本物の陶器製で、フォークやスプーンはセットでそろえている。またレタス用の水切り器とかナイフのラックとか、なくてもいいようなものを、たくさん持っている。それればかりではない。居間にはどっしりした家具を置いて、椅子のクッションも分厚くて、リネン類はデザインを統一して、いくつもの小テーブルには鉢植えやらセラミックの何やらが載っていた。なんだか狭苦しくてかなわないとマイカは思っていたが、ここまで来れば立派なものだという気もした。自分の部屋などは大人が住んでいる感じではないのかもしれなかった。

二人で居間へ移動して、夜のニュースを見た。ついにお出ましになった猫をはさんでカウチに坐ることになった。まだ若くて痩せている雄の黒猫は、その名の通り、白いヒゲがすうっと長く伸びている。人間にはさまれて、目を閉じたまま喉を鳴らしていた。テレビの音声が、キッチンで鳴っている音楽と競合せざるを得ない。しばらくしてマイカはつけっ放しのラジオを消しに立った。とめどない音の流れを、よくもまあキャスは我慢できるものだ。マイカだと脳がばらけそうな気がする。

もし好きにしてよいのなら、ニュースだって消したいところだった。もう本音として、この国にはあきれ返っている。めちゃくちゃな現状に愛想が尽きて、どうしようもないとしか思えない。しかしキャスはまだまだ気を抜かずに、いやなことでも丹念に知っておこうとする。照明を落とした居間で、背筋を伸ばして坐って、熱心にテレビを見ていた。その横顔から喉の曲線に、画面の光が映えている。その曲線をマイカは好んだ。顔を寄せていって、彼女の顎よりは下に、血管が脈打つあたりに、唇をつけた。すると彼女もかしげた首を一瞬だけくっつけてきたが、目はテレビに向けたままだった。「地球によくないことをすると、その一日分を元に戻すのに十年かかる」彼女は言った。「取り返しのつかないこともある」

「今夜、泊まってってていいよな」マイカは彼女の耳元でささやいた。

「だって、あしたも学校があるもの」彼女にぽんぽんと手をたたかれる。

「なあ、今夜だけ。朝になったら、さっさと起きて出てくから」

「マイカ?」

上昇した音調は、そんなの無茶でしょ、と言っているようだった。彼にはどこが無茶なのかわからない。たいていは泊まらせてもらえる。ところが彼女はつっと身を引いて、「ほら、それに、きょうは夜のうちにゴミ箱を出しとくんじゃなかったっけ」と言った。

「そんなのは朝一番でやればいい」

「あたし、まだ採点が残ってる」

彼も引き際は心得ている。溜息まじりに「わかった、わかった」と言って、次のコマーシャルの時間に腰を上げた。

「余った分は持ってかないの?」彼女がドアまで見送りながら言った。

「置いとくよ」

「あら、ありがと」

「それじゃあ」と彼は振り向いて、「あしたの夕食は、おれの名物料理のチリにするから、余ったコーンブレッドを持って、食べに来てくれよ」

「そうねえ……」

「コーンブレッドにチリを載せよう。うまいぞ」と彼は誘いかける。

「じゃ、まあ、そうね。なるべく早めということで」彼女はドアを開けて、ようやく彼にキスらしいキスをすると、一歩下がって彼を送り出した。

帰りの道に交通量は少なく、わが道を行くというに近かったが、彼は法定速度を遵守した。法規には若干の融通がきくという通説に、彼は同意しない。もし三十五マイルの制限速度を三十八マイルに運用してよいならば、初めから三十八と言えばよさそうなものだ。「まともな男だ」と、心の中で〝交通の神〟が認証した。

ノーザン・パークウェイを西に向かって、ヨーク・ロードで左折した。左折専用レーンから曲がったのだが、もちろん方向指示を出すことは忘れない。だが心の奥に、ちくちく引っ掛かるような不安があった。今夜のキャスはいつもより素っ気ない感じがした。ゴミ箱を出しておく夜だろうと言っていたが、いつからそんな計算をするようになったのか。とはいえ、わけもわからず不機嫌になるタイプの女ではないと思い直して、おかしな気分は振り払った。口笛で「ヴァーモントの月」を吹き始める。彼女のキッチンでラジオが最後に流していた曲である。

ヨーク・ロードを進むにつれ、見慣れた商店やカフェの風景になってきた。この時間だと閉まっている店が多い。ネオンの文字は消えていて夜の闇に埋もれそうだ。ロスコー・ストリートへ左折して、古着屋の手前で右折して、駐車場に向かった。

車を降りると、助手席から道具カバンを引き出して、ルーフにくっつけていた〈テック・ハーミット〉の表示板を取りはずし、この二つを入口階段の上に置いた。それからゴミ箱を転がして路地に出す。2B号室――レーン氏――のゴミ箱は、郵送用の厚紙の筒が、蓋の下から斜めに突き出していた。何とまあ、普通ゴミの日に、資源ゴミ！「あーららー、ムッシュ」と見咎めるように言った。「けーしからーん」これはフランス語を真似したつもりだ。そして首を振り振り、2Bのゴミ箱を2Aの隣に置いた。

いやはや、わかってない人がいる。

2

翌朝、そろそろ目を覚ましそうな瀬戸際で、マイカは赤ん坊を見つけるという夢を見た。スーパーマーケットにいて、通路の角を曲がったら、しっかりフロアに坐っていたのである。朝食用シリアルの棚の前で、おむつ一丁の裸んぼだった。

思わず足を止めて、目を見張った。すると赤ん坊もうれしそうな顔で見返してくる。丸顔の頬は血色がよく、ふわふわっと短いブロンドの髪をして、いかにも赤ん坊らしい。あたりに大人の姿はない。

マイカはじわじわと上昇して覚醒に近づいた。まるで睡眠に階層構造があるようだ。やっと開けた目が、天井に向けて瞬きをした。まだ赤ん坊をどうしようかと考えている。遺失物として届けようか。そのためには拾い上げないといけないが、そんなことをして泣かれたりしないか。それで親がすっ飛んできたら、おかしな早合点をされる恐れがあって、誘拐犯だということにもなりかねない。どうしたら善意の行動だと証明できるだろう。たしかに怪しく見えるはずだ。

アラームを解除してラジオには電源を入れさせず、どうにか頑張って起き出したのだが、あの赤ん坊が心を離れなかった。あんなに平気な顔をしていたのはどうしてだ。マイカが来ると知って、待っていたようでさえもあった。いま外に出て、きりっとした空気を吸いながらランニングをしていても、こんな冷たくなった手を裸の赤ん坊にぺったり添えたら、めちゃくちゃに驚かすだけだろうという、まるで理屈に合わない考えが浮かんだ。

ふっと苦笑いをしてから、スピードを上げて、消え残る夢を振り切ろうとした。

この時間なら、まだ歩道に人通りはない。しばらくすると犬を連れた人がわんさか出てくる。母親が子供を学校へ送ろうとする。いつも走っているルートは細長い楕円形になっていて、まず北向きに行ってから西へ回る。その西側方面に学校が集まっているのだった。

ランニングするには眼鏡をかけない。鼻でがくがく揺れるのがいやなのだ。汗ばんだ熱気で曇りそうになるのもいやだ。ところが、この何年か、遠目がきかなくなってきたとわかるだけに、どうも具合が悪い。このまま見えなくなるとか、そんなことではなかろうが、検眼に行けば、年のせい、と身も蓋もない言い方をされる。夜の運転では路面の標示がわかりにくい。つい先週、黒い蜘蛛がいると思ってひっぱたいたら、ごちゃごちゃした糸屑だった。この朝もまた、ランニングの復路で、よくある勘違いをした。もうすぐ帰り着くという地点に、消火栓が立っている。くすんだ薄赤い色は、古ぼけた植木鉢のようだ。ちょっと見には、これが子供または小さい大人かと思える。交差点にさしかかる下り坂で、てっぺんの丸いものが少しずつ見えてくるので、そんな感じがするのかもしれない。ここを通るたびに、おやっと思う。あの赤毛の小柄なやつ、道端で何をしている……。どうせ消火栓だということはもうわかっているはずなのに、いつもと同じ錯覚が、毎朝決まって、ちらりと頭をかすめていた。

この曰く付きの消火栓をやり過ごせば、もう速度を落として、はあはあと息をしながら歩く。両手を腰に当てて、大きく肺に空気を取り込もうとしている。それから奉仕団体の建物、自動車用品の店を通過して、アパートのある街路に折れると、レイクトラウト料理の店を過ぎてから右へ入って、荒れた舗装の道を歩けば到着である。入口の階段に若い男がちょこんと坐っていた。薄茶色のコーデュロイのブレザーを着て、少年と言ってもよさそうな、まだ二十歳にもならないだろう若者だ。それがマイカを見ると、立ち上がって、「どうも」と言った。

「あ、どうも」マイカも同じように返して、若者の左側へよけながら階段を上がろうとした。

「あのう」

と言われて、マイカが振り向くと、

「ここの人ですか?」

「そうだけど」

裕福な家のお坊ちゃんのようだ。恵まれた育ちなら、いい男にもなるだろう。濃い色の髪を頭の形にきっちり合うように刈って、ワイシャツの襟の後ろを立てて、ブレザーの袖をほとんど肘まで押し上げている（気取りやがって、とマイカは思った）。この若者が「モーティマーさん？」と言った。

「はい？」

「マイカ・モーティマーさんですね」

「はい？」

若いやつが、ぐいっと顔を上げた。「ブリンク・アダムズです」

ブリンクなんてのは、ありそうな名前だ。

「ほう、そうですか」マイカはとりあえず言った。

「ブリンク・バーテル・アダムズ」

それがどうした。何かあるのか。あると言いたげな顔をしている。

「ああ、はい、こんちは」マイカは言った。

「ローナ・バーテルの息子です」

マイカは腰に当てていた手を下ろした。「えっ」

ブリンクが何度か首をうなずかせた。

「ローナ・バーテルだって！　ほんとなのか。どうしてる？」

「元気ですよ」

「いや、それにしても、ローナとは——。すっかり忘れてたが、いま何やってるんだ?」

「弁護士ですよ」ブリンクは言った。

「へえ、意外だな」

「どうしてです?」ブリンクは首をかしげた。「たとえば何だと思いました?」

そう言われても、考えたこともないというのが実情だ。「ええっと、まあ、最後に会ったのは大学の、いつだったかな、二年生、もっと上か……」

「四年生です」

いや、違うだろう、とマイカは思ったが、あえて訂正はしなかった。「いずれにしても、まだ自分の将来は、はっきりしてなかったんじゃないかな」

ブリンクはまだ聞きたいことでもありそうだが、マイカには心当たりがなかった。「で、あんた、このへんに住んでる?」

「いいえ。ただの通りすがりですが、ちょっと訪ねてみようかと」

「へえ、そりゃまた——」

「もし時間あれば、コーヒーか何か、どうです?」

「ま、いいけど」マイカは言った。「じゃあ、うち来る?」

「どうも」

もし自分だけなら、ただ入口のドアを開けて、すぐに地下へ行くところだが、それでは洗濯室やボイラー室をブリンクに見せながら歩くことになる。なんとなく、ちょっとまずいという気がした。なぜなのかよくわからない。上がりかけていた階段を下りて、横の通路から駐車場に回った。あとからブリンクがついてくる。外から地下への階段で、マイカはうしろに向けて、「お母さんは、どこに住んでるの？」と言った。吹き抜けの空間に、いくらか声が響いた。

「ワシントンＤＣ」

「あ、そう」

ローナの出身地がどこだったか、その町の名前は忘れたが、たしかメリーランド州の西部で、卒業したらそっちへ引っ込むと言っていたはずだ。山に囲まれて暮らしたい。山があると陸と空がやわらかく出会う。それがいいのだと聞かされた。ところがどうだ。ＤＣで弁護士になった！　ブレザーの袖をたくし上げた息子がいる！

マイカは裏口を解錠してから、やや脇に寄ってブリンクを先に行かせ、「いまクリームを切らしてるんで、そのつもりでいてくれ」と言いながら、キッチンに入った。

「かまいませんよ」

マイカは手の合図で、メラミン化粧板のテーブルに向かう椅子を勧め、これを引いてブリンクが坐った。キッチンから居間の区域へ目をやっているようだ。「散らかってるけどな」マイカは言った。「朝は何より先にランニングを片付けたい」

その次はシャワーだ、と思っていて、もう汗の乾いていく背中がむずむずしている。だが戸棚からコーヒーを出して、挽いてある粉の分量を量りだした。彼は旧式の電気パーコレーターを使っている。ここへ引っ越してきたら、置きっぱなしになっていた。ガラストップに古ぼけた粘着テープがべったり貼られているので、中の様子がわからない。それでもコーヒーを沸かす機能は果たしていた。これに水道の水を入れて、電源を入れる。「砂糖どうする?」

「じゃ、もらいます」

マイカは砂糖壺をテーブルに出して、スプーンも添えた。ブリンクと向かい合わせに坐る。まあ、言われなければわからなかったろうが、言われてみれば、ローナの息子であってもおかしくない。濃い髪の色が同じ(ただし彼女の髪は流れるように長かった)。また目の色も濃い。目尻が細くとがって鹿の目のようであるのも同じ。だが口はちょっと違う。上部が曲線を描いて、その真ん中だけ凹んでいる。彼女の口はきりっと横に引いたような感じだった。

「お母さんは、弁護士というと、どんな?」

「法律相談の仕事してます」

「ああ、そう」

ということは、彼が考えていたような、法廷で華々しい活躍をする弁護士ではなさそうだ。それなら話は合う。たしか何やら原理主義めいた教会へ行く家に育って、いずれ世の中に奉仕したいと言っていた。しかし、そうであれば、こんな金持ち息子みたいなやつの説明がつかない。

「で、お父さんは？」

「そっちも弁護士です。企業向けの」

「ほう」

マイカは何の気なしに指先をテーブルにとんとん当てていた。パーコレーターが背景音のように鳴りだした。

「うちの親、どっちも目標設定型の人なんで」ブリンクが言った。「将来はどうするなんて、しょっちゅう聞くんですよ。ところが、おれ自身、さっぱりわかってない。まだモントローズ・カレッジに入ったばっかじゃないすか。あ、いえ、それだって親から見れば、減点材料かな。ジョージタウン大学がいいって思われてた。親父がそうだったんで。とくに親父なんか、おれのやることは何だって気に入らないっしょ」

「そりゃ大変だな」マイカは言った。

「おれ、親父とは水と油なんで。どっちかというと、おれたちが似てるよね」

「おれたち？」マイカは面食らった。「おれのこと、知ってんの？」

「便利屋タイプだよね。専業って感じじゃなくて」

こりゃすごい。ぶらぶらした生き方で世に知られているらしい。「なんでわかる?」

「ママが言ってたんで」

おれの暮らしぶりをローナが知ってるというのか? マイカは目をぱちくりした。

「靴の空箱に写真が入れてあって」ブリンクが言った。「大学時代の写真が何枚かあったな。二人でならんでたじゃないですか。ハナミズキの木の下で、しっかり腕を回しちゃったりして。それをママに見せて、〝これ、誰〟って聞いたら、〝ああ、マイカだわ。マイカ・モーティマー〟って言ってた。一生の恋だと思ったって」

「そんなことを?」

「まあ、その、当時はそう思ってたらしい」

「へーえ」

「どこの人って聞いたら、たしかボルティモアあたりでコンピューターの教えを広めてるんじゃないかって。マリッサおばさんが言ったみたい」

「おばさん……あ、あれか」たぶんマリッサ・ベアードのことだろうと彼は思った。ローナの学生時代のルームメートだ。

「ママが言うには、ふらふら職を変えてるみたいだから、いまでも同じ商売をしてるかどうかわからないって」

パーコレーターがぼこぼこ沸きだした。もうすぐ出来上がる。マイカは立って、上の戸棚からマグカップを二つ下ろした。ぼこぼこが停止するのを待ってから、マグにたっぷり注いでテーブルに置く。

「マリッサおばさん、いまでも同窓会があると、まめに顔を出すんだ。それで情報を仕入れてる」

「なるほど」

マイカは砂糖壺を押し出してやった。

「調べたら、すぐ見つかった」

「そりゃまあ、そうかもな」

「自営業だよね。西部劇に出てくる何でも屋みたいで、クールじゃないすか」

「そりゃ、どうも」マイカは無感動に言った。

コーヒーを一口飲んでから、フロアに落ちる棒状の日射しを見た。流しの上の窓から射す光は、こういう一本の横棒になって届く。

「さて、問題は――なぜ、おれのことを調べる気になるか、ってことだろ」

コーヒーに砂糖を入れて混ぜていたブリンクが、その手を止めて、マイカに目を上げた。「だから、ほら、おれが家になじめないのはわかるっしょ。不適合っていうか。あっちは、どうもなあ……おれ、こっちに似たのかも」

「そんなこと言ったって、会ったばっかりなんだぜ」

「でも、やっぱ遺伝子ってのがあるから」ブリンクがじいっと目を合わせてきた。

「遺伝子？」

ブリンクは返事をしない。

「何の話だ」マイカが待ちきれずに言った。

「わかりそうなもんでしょうに」

「どういうこと？」

ブリンクは憤慨したように、ぷはっと息を吐いた。「はっきり言わせるの？　だってママとはそうだったんでしょ……それで腹がふくらんで――」

「何だと？」

ブリンクは目をそらさない。

「まさか、おれが関わってるなんて言われてやしないだろう」

「ママは何にも言わない。言ったこともない。おれが聞こうとすると、そういう問題じゃないと言う」

「問題じゃないってか」

つい吹き出しそうになったが、ここで笑ったら悪いような気もした。「そうか。じゃ、ちょっと考えてみようや。あんた、年はいくつ？」

「十八」と、ブリンクは言った。

「十八歳か。おれが大学をやめてから、二十年を超えてるんだぞ。な、二十年以上も前だ。あんたのママとは会うこともなくなってた。すでに顔を見なくなって何カ月たってたのかな。しかも――」

しかも、ローナとは身体の関係なんてなかった。ローナは教会から授かったという金の指輪をしていて、これは自分を守っているという印なのだと言っていた。その心がけを変えさせようとマイカが企てたことはない。彼女には何事にも徹底するところがあって、だからマイカから見れば、なかなか立派なのだった。徹底する！　それがローナの魅力でもあった。しかし、そんなことは彼女の息子の前で語ることでもあるまい。

そいつは、いま目の表情をなくしていた。凍りついたような顔になっている。「いや、だけど……そんなことは」

「ないってのか？」

「ほんとのこと言ってもらっていいすよ。養育費とか、そんな訴訟を起こそうってんじゃないんだから。父親はいますよ。ママが結婚して、おれも養子になったんで。あんたから何か取ろうとはしてない」

「その人が父親なんだろう。いや、あの、ほんとの父親」

「ちがう。おれが二歳になるまで、ママはその人と出会わなかった」

「ありゃ」

ブリンクは怒った顔になっていた。怒ることに決めたとでもいうようで、マグをぐいっと押しのけている。コーヒーがテーブルに飛びはねた。「あんたでしょ。ほかに誰がいるの」

「おれが知るかよ」マイカは言った。

「靴箱の中には、あんたくらいしか候補がなかった」

「おい、おれはなあ、おまえのママが妊娠したことも知らなかったんだぞ。聞くんだったらママに聞けよ」

ブリンクはさっきから目をそらさない。「もう百万回も聞いた。いまのお父さんに育ててもらったのよ、としか言われない」

「そりゃそうなんだろうな」

「じゃあ、おれの遺伝形質はどうなってるんだ。医療上の問題で父方の家系を知る必要があったらどうすればいい」

「もし気休めになるなら言ってやるが、おれの家系については、特になし、としか思えないね」

この場を気楽にしようと言ったまでだが、ブリンクの表情を見たら、こりゃまずいと思った。

「あ、冗談だぞ——。コーヒー、足してやろうか」

ブリンクは首を振った。

キッチンのカウンターで、マイカの携帯が鳴った。立っていって画面をのぞくと、見慣れない番号が出ていた。充電器からはずして、「〈テック・ハーミット〉です」と応じる。

「マイカ・モーティマーさん？」

「はい」

「ああ、よかった。調べても、なかなか見つからなくて——。キース・ウェインです。覚えておられませんか。もう何年か前になりますが、まだ〈コンピューター・マスター〉にお勤めでしたね、その節はお世話になりました。いえ、最近はもう、あの会社は使わないことにしたんですよ。あれはだめですねえ、何にもわかってない……」

いったん話が切れた。ここでマイカに相槌を打たせたいらしいが、うっかり賛同する気にはなれなかった。マイカが初めて就職して、おおいに仕事を覚えさせてもらった会社である。ただ上司がつまらないやつで、「おい、あのなあ」とか「ほら、いいか」とか言いたがるタイプだったので辞めただけである。それでマイカが黙っていたら、ウェインと名乗る男が、途絶えていた話を継いだ。「ところが、きょうは緊急事態でしてね、入れといたデータが全部なくなったんですよ。文書も税金のファイルもごっそり――」

「バックアップは？」

「いや、まあ、そうしておけばよかったんだが……」

マイカは、ふう、と息をついて、トースターの横に置いたメモ帳に手を伸ばした。「ええと、お住まいは？」

ロジャーズ・フォージだそうだ。では十一時には行きます、とマイカは言ったが、この場がしのげてありがたいという計算もあった。電話を切ってから、ブリンクに「ちょっと用事ができたみたいだ」と言った。

ブリンクはうなずいて立ち上がった。もう目を合わせようとはしない。怒りはおさまって、しょげているだけのようだ。出ていこうとしながら、「じゃ、まあ、コーヒーごちそうさま」と言った。

「もう一回、ママに聞いてごらんよ」マイカは声をかけた。

ブリンクは戸口を出ながら、片手を上げて、ぱたんと下ろした。

「おれからもよろしくと言ってくれ」マイカは間の抜けたことを言ったが、もうドアは閉まろうとしていて、最後にかちりと音を立てた。

それから一分間ほど突っ立っていただろうか、ようやくマイカは肩を揺らして、シャワーを浴びに行った。

ウェイン氏のファイルは雲隠れしたにすぎないとわかった。マイカが捜索したら、すぐに出てきたので、ウェイン氏はひたすら恐縮してありがたがった。「しかしですね……」マイカが強めに言おうとすると、ウェイン氏は両手をぱっと開いて、「いやあ、わかった、今度ばかりは身にしみたよ。これからはバックアップする」

どうすればよいと思うのか聞いてみてもよかったろう。やり方を心得ていない可能性もある。だとすれば考えられる方法を教えて、何かしらの設定をしてやれたかもしれない。わずかな基本料金にかなりの上乗せをして稼ぐことにもなる。だが、なんとなく、心ここにあらずで、ほかに何かやり残しているような、下手なことをしているような、そんな気がしてならなかった。「じゃ、何かあったら、また電話してください」とだけ言って、そそくさと退散した。

チャールズ・ストリートに車を走らせながら、あいつのせいだろうと思った。さっきから心を突っついているのは、あのブリンクとかいう若者だ。ひどく悩ましい局面にあると見えたが、それを追い返すような格好になった。いま考えると、なんだか悪いことをしたようだ。ブリンクにもそうだが、ローナにも――。なんだかんだ言って、これだけ年月がたったのに、いまだローナには甘い気分を引きずっていた。いや、ふたたび甘くなった、と言うべきだろうか（もう会うまいと思ったのは腹を立てたからだ。ほかの男とキスしているのを見てしまった）。だが、まともに恋をしたと思ったのは、あの女が初めてだ。それまでには女付き合いというほどのものがなく、むしろ孤独を好む人間だと思われていた。

出会った当時、彼は三年生だった。彼女は入ったばかりの一年生で、女子グループがテーブルを囲んできゃあきゃあと騒がしいカフェテリアにあって、一人で食事をしていた。ヴェールをかぶったような髪の色が濃くて、細面(ほそおもて)の顔にはまったく化粧っ気がなかった。色の薄いブラウスも、だいぶ褪(あ)せたスカートも、さんざん洗濯を繰り返したようだ。どう見ても、群れるタイプではないらしい。それでいて、おどおど遠慮している様子もない。奇妙なまでの自己完結型である。そのテーブルに彼はトレーを置いて、「相席、いいですか？」と言った。「いいですよ」という返事だが、にこりとも笑った顔ではない。あたふた明るくなろうとしないのが好ましいと彼は思った。きらりと光る歯を見せたり、元気な声を振りまいたりしない。彼女はあくまで彼女である。純粋主義、というのが彼が受けた印象だ。たちまち心を惹かれていた。

原理派の宗教に育った環境を考えれば、彼女が中絶をしなかったと聞いても驚きはしない。驚くとすれば、そもそも妊娠したということだ。あれほど主義に徹していたローナ・バーテルではないか！　とうてい信じられるものではなかった。

すぐ前を走行していたパネルトラックが、黄信号を突っ切って進んだ。マイカはちゃんと予測して、徐々に、優雅に、停止した。(「おい、見たか?」心の中の監視員が驚嘆した。「ぴくりとも衝撃がない」)

いわゆる元カノなるものは、とマイカは考える。その一人ずつが引き算で、少しずつ自分が目減りする。初めての大恋愛に別れを告げて二度目に進んでいくと、今度は差し出せるものが減っている。ちょっとだけ自分から剝がれ落ちたものがあるので、新しい関係に完全なままで入っていけるとは思えない。その次にはもっと減っていて、そのまた次にはさらにもっと減っている。ローナのあとで付き合ったザラという女は、異国趣味で、やたらに大げさで、ガーナ風の布地を頭に巻くことにこだわっていた。そのザラが仲間のダンサーとくっついて去ってから、アデルとの関わりができたのだが、これは動物保護に情熱をたぎらせる女だったということで、ある日、モンタナの荒野で灰色オオカミを相手に働くのだと言っていなくなった。ワイオミングだったかもしれない。ともあれマイカが女運に恵まれていたとは言いがたい。どの女にも飽きられて終わるようだ。なぜなのか、よくわからない。いまはキャスと親しくなっているが、ローナがいた昔の日々とは、どうも様子が違っている。キャスとの間では何につけ……そう、地味である。高揚感に欠ける。落ち着きはある。結婚の話などは出ない。もしマイカが過去の女たちから学んだことがあるとすれば、誰か一人とフルタイムの生活をするのは面倒なだけであるということだ。

彼はヨーク・ロードへ折れた。壁のスイッチを調達するのに〈エース・ハードウェア〉という店に寄る。ついでに、3B号室のバスルームに取り付ける手すりも見つくろった。それから〈ジャイアント〉にも回って、チリ用の食材を買うことにした。

カートを押して缶詰の棚の前を通ろうとしたら、けさの夢が脳裏にちらついた。あの赤ん坊は、こんな感じの通路のど真ん中にいたのだった。ぴんと背筋を伸ばして、しっかり坐っていた。坐る姿勢を覚えたばかりの赤ん坊には、そういうことがあるものだ。まったく、あんな夢はどこから来たのだろう。

もちろんブリンクはとうの昔に幼児期を脱したやつだが、あれはあれで予知夢だったのかもしれない。

アパートに帰ると、中身が収集されたあとのゴミ箱を裏手に戻してから、オフィスにしている部屋へ行って記録をつけた。壁のスイッチ、バスルームの手すり、という品目を、あとで家主に請求するように、立て替え払いのリストに載せる。ただし、手すりは「タオル掛けの交換」ということにしておいた。規則上、手すりはオプションなので、本来なら借り主たるカーター夫妻の負担になる。だがルエラ・カーターは癌を患っていて、どんどん虚弱になっていくから転倒の危険も高まる。これくらいの融通はかまわない、とマイカは思った。何もホテルなみのシャワーへッドが欲しいというのではない。

家主のジェラード氏は八十を超えている。いささか締まり屋の老人だったが、いまはフロリダに暮らしていて、たいして口を出してくることもなくなった。

ランチのあと、三件の依頼があって、その一つはなかなかおもしろいものだった。依頼人には十代の息子がいて、そのラップトップにポルノ系のファイルがごっそり入っている。すべて削除して、今後はブロックできるようなソフトウェアを入れてくれという。息子がファイルにつけていた名称に、マイカはおおいに楽しませてもらった。東部諸州のモロコシ栽培、オハイオ州デイトンの人口動態……というのだから、分厚い仕掛け本のことを思い出す。本の中をくり抜いて大事なものを隠すのだ。背表紙には無味乾燥な書名が出ていて、わざわざ開いてみようとは思わせない。

少年の父親は、どこか外国から来たようだ。アジア系なのだろう。男性の顧客にはありがちなことで、マイカの作業中には、この男も近くにうろうろして技術論を交わしたがった。まずレーザープリンターとインクジェットはどっちがよいのかと言いだした。その次はスマート家電によるプライバシーの漏洩はあるのかという話になった。マイカは適当に短く答えている。一度に一つのことに集中したい。だが、たいして困ることはなかった。フェン氏がしゃべりたがるだけだ。

マイカが請求書に明細を書き込んでいたら、フェン氏は言った。「いつぞやマルウェアに困って、見てもらいましたよね。たしか〈コンピュ・クリニック〉という会社にいたでしょう。どこかでお会いしたようなと思ってたんです」

「あれ、そうでした？」

「いまは独立して、自分の会社を持ったんですね？」

「いや、まあ、会社というほどのものでは……」

用紙の一枚目をはがしてフェン氏に渡すと、フェン氏はぎゅっと口を結んで、請求書に目を走らせていた。「息子には黙ってるつもりですよ。あいつが帰ってきてコンピューターを起動しても、何だかおかしいと思うだけで、どうしたんだとは聞けないでしょう。こっちからは何も言いませんよ」

「名案です」マイカは言った。

「神のなせる業とでも思いますかな」

二人の男が笑った。

このほかの二件はつまらない仕事だった。新規にＯＳのインストール、新品のプリンターの設定。つまりマイカが神経を使うほどのことではない。

ローナとキスしていたやつの名前は、ラリー・エドワーズだったか。いや、エズモンドだ――。プリンターだけの仕事から帰ろうとしていた運転中に、ふわりと思い出した。ラリー・エズモンドは細っこい小男で、ちょびっと貼りつけたような茶色のひげが、顎の真ん中から出ていた。それがローナと同じ聖書研究会にいた。ある晩秋の午後、マイカが学内を歩いてコンピューター・ラボへ行こうとしていたら、オークの木の下でベンチに坐るローナとラリーが目に入った。一見したところ、ローナが何やら悲しんでいて、ラリーが慰めようとしているのかと思えた。彼女は萎(しお)れきったようにうなだれて、ほとんど膝に向けてぼそぼそ話している。ベンチの背に片腕を伸ばしたラリーが、聞き役として神妙な顔でうなずいていた。と見る間に、彼は空いているほうの手を出して、彼女の顔にかかる髪を撫でつけ、その顔を向ける彼女とキスしていた。

もし映画のワンシーンだったなら——つまり、裏切られた恋人が唖然とした一瞬ののちに、つかつかと怒りの歩みを進めていき、女が泡を食って飛び上がり、青臭く割り込んだ男も立って、言い訳がましいことを口にする、というのであれば——マイカも鼻で笑ったことだろう。だが、そんなのはメロドラマだ。彼の生活とは縁がない。ローナにだって無縁のはず。もともと誠意を尽くすようにできていて、彼にくっつきたがり、両手で彼の腕につかまって歩いていた。彼が男同士でビールを飲むとか、体育館に行ってバスケットボールのシュートをするとか言うと、だったら一緒に連れてってくれとせがんでいたものだ。

ところが、どうだ。ローナとラリー。

しかし、だからといって、あのラリーがブリンクの父親だとは思えなかった。そこまで考えるのは、いくら何でも無理がある。

「チリパウダー、小さじ一杯。塩も小さじ一杯。トウガラシのフレーク、小さじ四分の一」と、声に出して量りながら、鍋に入れた。いつも一人でしゃべりながら料理をする。だいぶ古くなって染みの撥ねている索引カードを、念のため見直した。「ニンニク二片、つぶす」ということで、まな板に二片を置くと、鋳鉄製のフライパンを打ち下ろした。また持ち上げて、ニンニクの具合を見てから、フライパンの底を見た。

裏口にノックの音がした。

とっさに正面口かと思った。用事のある住人なら、そっちから来る。つまりアパートの内部を通過して、居間側のドアを出入りする。しかし、これは違った。流しの横のドアに、こんこん、と小さく聞こえた。ためらいがちな音からして、キャスではない。彼はフライパンを置いて、ドアを開けにいった。外にいたのは、あのブリンクという若いやつだ。両手をポケットに突っ込んで、いくらか前後に揺れるように立っていた。そろそろ夕暮れで、肌寒くもなっていたので、さすがにブレザーの袖は下ろしていた。

「あのう」

「よう、どうした」マイカは言った。

ブリンクはゆらゆら揺れたままだ。

「何かあったか？」

「いえ、そうでもなくて」

「入るんだろ？」

「あ、はい」ブリンクは、ドアマットに足をこすりつけると、マイカのあとからキッチンに来た。

「あれから、どうした？」マイカは言った。

「ええ、まあ。図書館があったんで」

「図書館」

「座ってました」

きょう一日ずっと坐っていたと言いたいのだろうか。だが、うっかり聞いて面倒なことになっても困る。彼はテーブルに向けて手を振り、「まあ、坐れよ。ビールでも飲むか？　それとも……どうするかな」こいつは未成年だったはずだ。

しかしブリンクが「じゃあ、ビールで」と言うので、マイカは強いて反対もしなかった。冷蔵庫から〈ナティ・ボー〉を一缶出して持たせてやる。それからカウンターの料理に戻り、つぶしたニンニクをチリの鍋に落とし込んだ。「タマネギ一個、みじん切り」このあたりの工程は苦手だ。ぷしゅっ、と缶を開ける音を背中に聞いた。

「オリオールズのことを書いた本を読んでたんですよ」いくらかの間があって、ブリンクが言った。「すっごく昔からのチームなんですね」

「ああ、そうだよ」

「球団創設は一九〇一年。ただし当時はブルワーズだった」

「っていうと、本拠地はミルウォーキーか？」

「そう」

マイカが振り向くと、ブリンクは椅子をうしろに傾けて、缶ビールを両手で支えていた。「だったら、まだオリオールズになってなかったのか」マイカは言った。

「そういうこと。一九五三年までは」

「ほう」

マイカはみじん切りを再開した。

「しかし、六〇年代に、最盛期があった」ブリンクは言った。

「そうなんだ」マイカは刻んだタマネギを鍋に落として、全体によく混ぜた。もうクミンの匂いが立っているが、汗の臭いと似ているような気がしなくもなかった。

「よく調べたもんだな」

「まあ、暇だったんで」

マイカは牛の挽肉が火の通った色になるまで黙って様子を見ていたが、冷蔵庫からもう一缶を取り出し、自分も椅子に坐ってから、「夕食どうする。食ってくか?」と言った。

「あ、いいっすね」ブリンクは椅子をがたんと前に戻した。

「チリしかないけどな。それから、あとで友だちが来る。キャスっていう女だ」

「いいですねえ、チリ。その人にも会いたいです」

マイカは「ところで……」と言いかけた。

ブリンクに警戒の色が浮いた。

「なんで、こうなってるのかな」マイカは言った。

「こうなってる?」

「だからさ、いまは学校だってあるんだろ。秋休みとか、そんなのじゃないよな」

「まあ、ね」

マイカも缶のタブを引いた。「そのモントローズ・カレッジってのは、どこにあるんだ」

なんだか問い詰めるようでいやだが、ブリンクは平気なようだった。「ヴァージニアですよ。ここからだとワシントンDCを突っ切ってすぐ」

「寮に入ってるのか。それとも自宅通学?」

「もちろん寮ですよ。通学なんて、たまんないです」

「うん」マイカはビールをあおった。

「そう言えば、おれが寝ちゃえるようなベッドなんて、ないですよね？」

「ここに？」マイカは不意を衝かれた。

「カウチみたいなものとか、そんなのでいいんですけどね」ブリンクは居間の区域に目を投げる。

「そうだな……客用に使える部屋がないわけでもないが」

「ありがたい！　だってもう、いまからだと電車の時間が気になるから」

まだ宵の口ですらない。終電は真夜中近くではないか。だがマイカはそんなことを言わなかった。椅子をずらして、チリをかき混ぜに立った。肉が熱くなる音に負けない声で、「荷物あるのか？」と言う。

「あ、いえ、あんまり先のこと考えてなかったんで」

ふと話が途切れた。それから「缶詰のインゲン豆」とマイカが言った。「さっと洗って水を切る」

「いい匂いっすね」ブリンクが言った。

「ほんとなら缶詰じゃない豆を使いたいんだが、そうすると茹で時間もかかるからな」

「いいですよ、おれ、缶詰で」

「値段は高い」

「はあ」

マイカは缶の上端に沿って、缶切りをぎこぎこ動かしていた。「料理することあるのか？」

「おれは全然」

「やっぱ、そうか」

マイカは豆をざるに移して流水で洗った。

裏口で、あきらかにキャスとわかるノックが、こん、こんっと響いた。マイカはざるを流しに置いて、ドアを開けに行った。「よう、来たか」と言うと、「はい、来たわよ」と返した彼女が、コーンブレッドを彼に持たせた。サランラップに包んできている。わずかに頬を紅潮させて、きりっとした冬の匂いを放つようだ。その目が彼をすり抜けて、ブリンクに行った。

「こいつはブリンク・アダムズっていうんだ」マイカは言った。「大学時代の友人の息子でね。

——この人がキャス・スレイド」

「あ、ども」ブリンクは、お坊ちゃんらしく、初対面でも心安い態度をとった。

「きょうは大学を休んだらしい」マイカが言った。「モントローズ・カレッジだそうだ」

「あら、そうなの！　おんなじ学校で教えてる女の先生が、モントローズの卒業生だわ」

うれしいことを言ってくれる。マイカは、突拍子もなく、そう思った。「ビール、飲む？」

「ええ、もらうわ」

彼女はさっと脱いだパーカーを、空いているほうの椅子の背に投げかけて、腰を下ろした。

「あなたも食べるの？」とブリンクに言う。

「うん」と言ったブリンクは、「客用の部屋に泊まるんで」とも言った。

「そうなの？」

彼女はさぐるような目をマイカに投げて、マイカは缶ビールを手渡しながらうなずいた。

「あ、そう」わずかな沈黙があって彼女は言った。「マイカが作るチリはおいしいわよ」

「いい匂いすね」

ふたたび沈黙。

「さて、それじゃ」マイカが口を開いた。「予備の椅子を持ってくるかな」

予備と言ったのはオフィスにしている部屋の、コンピューターデスクの椅子である。これを運んでキッチンに戻ったら、ブリンクが今度はキャスにオリオールズの球団史を語っていた。キャスはおもしろそうな顔をしてやっている。「あら、そうなの」と言うこともあった。「あたし、もともとボルティモアの出じゃないんで、ちっとも知らなかったわ」

「そう、長い歴史があるんですよ」

「で、ブリンクは、野球やってるの？」

「いや」

彼女は小首をかしげて待っていたが、ブリンクはそれ以上のことを言わなかった。

こいつが自分の息子ということは断じてないけれど、もし息子がいたらこうなるのか、という気分がマイカの心の中にちらついた。どうにも不出来に育ってしまったダメ息子。

しかしキャスは粘っていた。マイカが食卓を整えてサラダを混ぜている間に、彼女は熱心な聞き役として、ブリンクがどんなスポーツをするのか（やっぱりラクロス）、どんな専攻に進みたいか（わからない）など言わせようとした。マイカはコーンブレッドのラップをはずして、三枚の皿に取り分けた。その上にスプーンでチリを載せて、チェダーチーズの粉を振りかけ、自分も席についた。

食事をしながら、キャスは話を進めて、ブリンクの家族のことを聞き始めた。すると弟と妹がいるのだとわかって、しかも妹は四年生だというのだから、なおさらキャスは話の持って行きように困らなかった。今夜のキャスは髪を引いてポニーテールにまとめていた。これはマイカの好みではない。まっすぐに垂らしていてくれるのがよい。これでは彼女がマイカよりもブリンクのほうに年が近いように見える。妹には失読症があるとブリンクが言うので、彼女はじっくり聞いて、親身になって、うなずいていた。ポニーテールが上下に揺れた。こうまで関わり合いになってやるのがマイカにはわからない。もっと抑え気味であるのが好ましい。本音としては、マイカに気配りしてくれる彼女がよい。

彼は椅子を下げて、湯を沸かしに立った。彼女が食後に茶を飲みたがるだろう。ブリンクも飲みたいかとは聞かなかった。

夕食のあと、オフィスの部屋で、三人がソファベッドにならんで坐り、夜のニュースを見た。この狭い部屋では、テレビがすぐ目の前にあって、コンピューターと同じ机に載せられている。「ここで寝てもらうことになるよ」マイカがソファベッドを手でたたくと、ブリンクは「そういうの平気なんで」と言った。

この若者がどういう政治思想を帯びているのか、マイカは知りたいような気もしたが、アナウンサーの声がしている間、ブリンクはずっと携帯の画面に情報を求めているようだった。それでキャスに目を向けて、困ったもんだなという顔を見合わせたかったのだが、彼女はテレビに集中して、中南米の移民がぞろぞろと護送車に押し込まれる場面を見ているだけだった。

ところが、まだニュースは終わっていないのに、彼女は両手を上に伸ばして、ふわあっと欠伸をしてから、「じゃ、そろそろ失礼するわ。くたびれちゃった」と言った。ブリンクにも「じゃあね、おやすみ」と言ったので、さすがに彼も携帯から目を上げて、「へ？　あ、ども、会えてよかったす」と言った。

マイカは、キッチンで二人だけになったのを見計らって、「きょうは泊まっていかないの？」

と言った。

「ええ。お客さんがいるみたいだし」彼女は椅子の背に掛けてあったパーカーを羽織って、肩を揺すった。

「だからどうってこともない」彼はうしろから彼女を抱きしめ、その項(うなじ)に顔を押しつけた。ぬくもりのある凹みが、ぴったりと注文通りに鼻の頭を受けてくれる。「ちょっと寄り添いたかったんで」と、ぼそぼそ言った。

だが彼女は抱きつかれた腕をほどいて、ドアに向かった。「ナンのこと、聞いてくれなかったわね」と投げ返すように言う。

「あ、そうか。そうだった。電話したの？」

「してない」彼女はドアを開けて、外に出た。

「したほうがいいんじゃない？」

彼女は振り返って、その顔に読めない表情が出た。「いっそ車中泊でもしようかしら。ディーモレイとおばあちゃんに同居させてもらったりして」

「うひゃ」彼はふざけた口をきいて、「そうなの？　自分の車があるんだから、そっちでいいだろうに」

しかし彼女は笑うことなく、ただドアを閉めていなくなって、彼はキッチンに取り残された。

一瞬、のっぺりしたドアの表面を、ぽかんと見てしまった。それからオフィスの部屋へ逆戻りだ。ブリンクにシーツを出してやらなければ、と思った。そうしたらもう寝室へ引き上げる。いつもなら、しばらくカウチでのんびりして、携帯でソリテアでもするのだが、今夜は違う。見物客がいたのではやりにくい。人に泊まらせると、そういうところが面倒だ。あるべき空間を奪われる。するする入り込まれる。

あの映像が心の中に浮上した。スーパーマーケットにいる赤ん坊。やけに期待したような顔を向けてくる。もし予知夢だったとしても、すぐに意味がわからないのでは、たいした予知にならない。あとでわかっても仕方なかろうと、いま思いついたわけでもなく、あらためてそう思った。

3

ブリンクは、いかにもティーンエージャーらしく、平気で朝寝ができるようだった。マイカがいつもの朝と同じくランニングに出ようとすると、オフィスのドアはきっちりと、ひっそりと、閉まっていた。一回りして帰ったら、まだ閉まっていた。シャワーを浴びて出てもそうだった。こいつが起きないうちに、もし仕事の依頼があったらどうするか、と考えてはみたものの、ともかく出かけるとなったら置いていくしかない。まさか大それた犯罪に走るやつではあるまい。

スクランブルドエッグを作っていたら、カウンターにきらきらしたケース入りの携帯が出ていると気づいた。ということは、きのうの晩、ここに充電器があると見ていたブリンクが、マイカが自室へ引き上げたあと、またキッチンに来て、ちゃっかり充電したのだろう。もちろん充電用のコードなどにプライバシーも何もあったものではないが、なんだか不法侵入されたようで癪に障る。いらついた気分を振り払って、料理した卵を皿に盛った。

そうだ、ベーコンも焼いておけばよかった。マイカの経験として、ベーコンの焼ける匂いは、どんな目覚まし時計よりも役に立つ。

りん！　ブリンクの携帯が鳴った。メールらしい。マイカはオフィスのドアに振り向いたが、この音にもブリンクが起き出す気配はなかった。二分後に、また鳴った。マイカは坐って卵を食べようとした。

パーコレーターの沸く音がやんだ。きょうの一杯目を飲もうとマイカは立った。コーヒーを持って坐り直すと、また携帯が鳴った。「おー、フシギですねー」と、これはスペイン語もどきに言って、コーヒーにクリームを入れ、また鳴るのではないかと思っていた。

こうして朝食を終えるまでに、さらに三度のメールが来たように聞こえた。流しに立って、食器を浸けておくように水を出しながら、ついに携帯に手を出して、ホームボタンを押した。たまっていたメッセージが、ロック画面にあふれ出た。無事なのかだけでも教えて……お父さんだって口ほどには悪く思ってないの……ブリンク、いますぐ連絡しなさい……

マイカは携帯を置いた。

「あんまりフシギではないですね」彼は水を止めた。

ところが彼自身の携帯はぴたりと押し黙ったままなので、ざっと片付けをすませると、ボイラー室から道具バケツを出して、一階へ上がった。念のため合鍵を用意していたが、1B号室のドアベルを押したら、すぐにヨーランダが出てきた。エクササイズ用の服装をしていて――ゆったりパンツと、ボルティモア・レイブンズのTシャツで――テレビからは若い女の元気な声が「アップ、2、3、4――ダウン、2、3、4……」と聞こえていた。

「まずいときに来ちゃったかな」マイカは言った。

「あ、いいの、いいの。自虐の拷問をやめる口実になる」彼女は居間を歩いていってテレビを消した。いきなり静かになって、マイカの耳にきーんと響くような余韻があった。

「もう外に出た？」うしろから彼女が言った。いま彼は廊下をクロゼットに向けて歩いている。

「出たよ」

クロゼットの扉を開けたら、ぎゅうぎゅう押し込められていた衣類が、弾けるように出かかった。香水の匂いが染みついていて、むせ返るような布地の集積をかき分け、ブレーカーボックスのある奥の壁にたどり着く。

「きょうは寒い？」彼女が言った。

「きりっと寒いね」もぐっていた彼が出てくる。居間に戻って、今度は壁プレートのネジを緩めていった。

「やだ、車の点検があるのに」

「おお寒いってほどでもない」

いったん話が切れた。彼は古いスイッチを取りはずし、道具バケツから新品を抜き出している。それを彼女が見ていた。「ええっと、歯医者とのデートがどうなったかまだ聞かれてないわよね」

「ああ、そう言えば、歯医者だったね」

「母親と同居だってわかったのよ」

マイカは鼻を鳴らした。

「だからダメって決まったことじゃないのよ。心やさしき人なのかもしれない」

「まあね」

「だけど、どっちだったかなあ。母親とうまくいく男、父親とうまくいく男、どっちと結婚するのがいいんだっけ」

「そういうどっち、どっちなんてことがあるとは知らなかった」

「どっちだっけなあ。いずれにしても母親とくっつきすぎる男はダメでしょ」

「そりゃそうだ」

彼は新しいスイッチの接続を終えている。これを壁に押し込んで、道具バケツの横に寝かせておいたカバープレートを取ろうとした。

「その歯医者ったら、デートしてる晩だってのに、三度も母親に電話したの」ヨーランダが考え込むように言った。

「ありゃま」

「三度目のときに、母親がね、さっきから庭でへんな音がするみたいで、気になってならないから、帰ってきてくれって言うんだって」

「で、帰った？」

「そうなのよ」

マイカは最後の一本になったネジを締めてから、また廊下を行って、ブレーカーを〝入〟の方向にずらした。部屋に戻ったら、ヨーランダはふくれっ面に腕組みをして待ち構えていた。「あたしのこと、馬鹿じゃないかって思う？」

「え、なに？」

「へんに夢を見てるとか」

マイカは壁のスイッチを弾いて、天井灯がぱっと明るくなった。「ビンゴ」

「やっぱり、そう思ってるんだ」

「いや、スイッチがついたってこと」

「あ、そう」

彼はスイッチを切った。彼女はまだ何か言ってもらえると思っているようだ。「歯を賞められる、なんてことはあったの?」と言ってみた。

一瞬、答える気がないのかと思われた。彼女はふくれっ面のまま彼を見ていただけだ。やっと腕組みを解くと、「言わなかった。じゃね、ありがと」

「はい、どうも」彼は道具バケツを持って引き上げた。


地下への階段を下りていたら、携帯が鳴ったので、立ち止まってポケットをさぐった。エイダ・ブロックという表示である。一番上の姉だ。ほかの女きょうだいに言わせると一家の〝まとめ役〟になっている。彼は「ああ、エイダ」と応答した。

「はい、どうしてる?」

「元気だよ」

「あのさ、すごいのよ、たぶん見当つかないと思うけど」

「へえ」

「ジョーイが結婚することになった」

「へっ?」

ジョーイというのはエイダの末っ子である。もう二十いくつになっているはずだが、いつもエイダが、うちの赤ん坊、と言っている息子で、まだ親元で暮らしている(けさは一つのテーマが展開するようだ）。マイカから見ると、あの小太りで、ぽかんとして、ぼうっと生きているようなやつに、ちょっとしたガールフレンドができるとも思えなかったし、いわんや結婚することになるとは意外だった。ところが――。「もう何カ月も前に、スーパーマーケットで知り合ってたのよ。どうもそうらしい。ちっとも言わないんだもの。だけど、いま思えば、食品管理の勉強でもしようかなんて言ったことがあったのよね」

「食品管理？」

「その頃からずっと付き合ってたみたいなんだけど、そんな話、一度だって、したことありゃしない。それが、きのう、夕食の時間になって、〝リリーと結婚したいんだけど、いまのシングルベッドをどかして、ダブルベッドに入れ替えられない？〟なんて言いだしたの。だから、あたしがね、〝リリー？　誰なのよ〟って言ったら、〝もちろん婚約者だ〟なんて、あたりまえだって顔してるのよ、ね。〝そりゃそうなんでしょうけど、そんな名前、ちっとも聞いてないわよ〟って言ったら、〝いま聞いたからいいじゃない〟だってさ、えらそうに。男の子って、ああなのよね。女の子だと一日中ぺちゃくちゃしゃべってるから、もうやだ、相手の男の下着の色まで、伝わってくるのよ。それがジョーイだと、まるっきり予告なしに、どこの国の人だっていう話を、ぽんと投げてくるんだもの」

「外国人なの？」

「え？　アメリカ人だけどさ」

「だって、いま――」

「お国はどこだってことよ。どこの誰だか知れやしない」

「ほう」

「ま、そんなわけで、あしたディナーに来られない？　キャスも一緒に。フィルがお得意のグリルドポークを作るって」

「ディナーっていうと、つまり……」

「顔合わせに決まってるじゃない。ちゃんとリリーを呼んどきなさいってジョーイに言ったの。花嫁が通路を進んできて、それが初対面だなんて冗談じゃないわよ、って言ってやった」

「結婚式、おれも出なきゃだめなの？」マイカは言った。そういう式は嫌いだ。人が多すぎる。

「もちろん出てもらうわよ。家族なんだもの」

「ナンシーの式には行かなくてすんだ」

「ナンシーは結婚してないもの」

「してない？」

すぐには頭が追いつかなかった。もうナンシーは三人の子持ちだ。

「午後六時」エイダが言った。「キャスも連れてきてよね。あの人、相手の話を引き出すのうまいから。あたし、その娘のこと、ちっとも知らないのよ。それが何とまあ、これから同居するなんてことを、出し抜けに言われちゃったんだもの」

「ふーん、わかった。じゃ、また、そのときに」

「ちょっと、ほんとに頼んだわよ」

まだ何か言っているようだったが、マイカは電話を切った。


アパートへ帰ったら、ブリンクの携帯がキッチンのカウンターでりんりん鳴っていた。のぞいてみれば、また新着のメールがあって、「このまま連絡がないのなら……」と期限を切るような言い方をしていた。いま気づいたが、画面下の電話アイコンに小さく赤い数字で24と出ている。何だこりゃ。二十四回も応答しなかったのか。

充電ケーブルを抜いて、この携帯をオフィス部屋の前まで持っていき、どんどんどん、とノックした。中からの反応がない。また着信音が鳴った。もう一度ノックしてからドアを開けると、室内は薄暗い混沌と化していた。脱いだブレザーが、プリンターの上にぐしゃっと置かれている。ほかの衣類がフロアに放り出され、靴の片方がデスクの横に、もう片方がソファベッドの横に脱ぎ捨てられていた。ソファベッドも、見た瞬間には、毛布が丸まっているだけなのかと思った。まるっきり荷物なしの手ぶらでやってきた若いやつが、こうまで部屋を散らかすことができるとは、もはや驚異的ではなかろうか。マイカはつかつか歩いていくと、ブリンクの寝顔に寄せて、ぽんと携帯を投げた。「母親に電話してやれ」

ブリンクは目を開けて、その目がぼんやりと携帯を見た。鼻の頭がくっつきそうな距離にある。うーんと唸って、もぞもぞ動いて、やっと坐った姿勢になる。「はあ?」

一晩たっぷり寝たのだろうに、髪の毛にまったく乱れがない。だが左の頬には枕の当たり具合による痕跡があった。

「おまえの母親に、電話しろってば」

「なんで?」

「無事だと言ってやれよ」

「うーん」というのがブリンクの答えだ。

ようやくブリンクが足をフロアに下ろして、ソファベッドに腰かけた格好で、目をしばたたくのを見てから、マイカは部屋を出た。

キッチンで、コーヒーを淹れ直すことにして、二枚のパンをトースターに入れた。ブリンクがオフィスから現れて、のそのそとバスルームへ向かった。ボクサーパンツにTシャツという姿である。一分もしないうちに出てきて、片手を髪にくぐらせながら、またオフィスに戻っていって、ばたんとドアが閉まった。

マイカは食卓の支度をしつつ、がちゃがちゃと皿の音を立てていた。盗み聞きしているように思われたくない。といって、どういう話し声も聞こえてこない。もしブリンクが電話をする気になったとしても、よほどに声をひそめているのだろう。あるいは——と、いま思いついた——メールをすることにしたのか。さもなくばマイカの指示をあっさり無視したのか。それだって当然あり得ることだ。ともあれ、しばらくして出てきたブリンクは、ほぼ元の服装に戻っていた。ワイシャツはきのうよりも皺が目立って、ズボンに突っ込まれていないが、シャツの襟の後ろはきっちりと立ったままである。こいつが椅子を引いて、ジャガイモの袋にでもなったように、どったりと坐り込んだ。テーブルに片肘をついて、手で顔を支える。

こんなにも若い。一晩眠ってぐしゃぐしゃの寝起きになっている。もうマイカには薄らいだ記憶でしかないことだ。

「電話したのかい？」コーヒーを注いでやりながら、マイカは言った。

「うん」ブリンクが顔を上げ、砂糖に手を伸ばした。

「ちゃんと話した？」

「うん」

ブリンクの皿に二枚のトーストを載せた。ジャムも近くへ寄せてやる。朝食はトーストとコーヒー。それだけでいい。へんに客扱いするのは、いまどき流行らない。

さて、これでローナも安心するだろう。そう思っていられるだけでよかったはずだ。ところが、そうでもなかった。ブリンクはどんな言い方をしたのだ。マイカのことは言ったのか。だとしたら彼女は何と言ったか。いまのマイカのことを知りたがったろうか。いや、そんなことはあるまい。さほどの通話時間ではなかった。そもそも、これだけの年月がたったあとで、彼女が気にするも何もなかろう。

ブリンクは盛り上がるほどにジャムを塗りつけた。うっかりすると鼻の下にジャムのちょびひげができそうなので、上唇をめくり上げて食いついている。犬が歯を見せて唸るような顔だ。マイカはキッチンのカウンターに寄りかかっていて、もう目をそむけた。

呼び出し音がして、その出所はブリンクのポケットだ。なんだか古風な、地上回線の電話が鳴ったような、年齢に似合わない設定である。ブリンクはむしゃむしゃ食べているだけで、呼び出し音が続いていた。「出たくないのか?」マイカは黙っていられなくなった。

「うん」

ブリンクはコーヒーに手を伸ばして、まず一口飲んだ。目は伏せたきりになっている。その短い睫毛が、硬質に密集して、画家の絵筆のようだ。

なるほど考えてみれば、大人からかかってくれば古めかしい着信音、という子供っぽい設定なのかもしれない。

「ほんとに、さっき電話したんだろうな」

「したよ。おれって信用されない？」

マイカはカウンターを離れて、まっすぐに立った。

「まだなんだろ」

ブリンクは聞こえよがしの溜息をついて、天井に目を投げた。

「あのなあ」マイカは言った。「何がどうなってんだか知らないけども、心配してもらってんのは確かだろう。とりあえず無事だと言ってやるくらい、罰は当たるまいよ」

「あんたに何がわかんのさ」ブリンクの声がいきなり怒気を発して、マイカはぎくりとした。

「うんざりだよ。いつだって悪者にされる。もう充分だ。あんたくらいは味方してくれると思ったけど、そうじゃなかった。初めっからあっち側だ。ほかのやつと変わらない」

「あっちもそっちもあるかよ」マイカは言った。「まだ何一つ聞かされちゃいないんだ」

「聞こうとした？」

「そうかい。じゃあ、いま聞いてやろうじゃないか」

ブリンクは返事をしなかった。皿の両側に置いた手を、ぎゅっと握りしめている。

「まあ、いい」マイカがまた口を開いた。「無理にしゃべらせたくはない。母親に電話させるのも無理らしい。だが、そうは言っても、おまえとぐるになるのは願い下げだ。いますぐ、おれが聞いてる前で、母親に居場所を知らせてやるか、さもなくば出ていけ」

「わかったよ。出てく」

ところがブリンクは立とうとしない。

「ほら、行けよ」マイカは言った。

さすがにもう着信音は鳴りやんでいた。ふと静まった時間ができてから、やっとブリンクが椅子を引いて立ち上がった。くるりと向きを変え、オフィス部屋へ行く。マイカは、どうするつもりだと思って見ていた。まもなく出てきたブリンクは、ブレザーを一本の指に引っ掛けて肩にかついでいた。裏口へ向かって、ドアを開け、外に出る。そのあとから歩いたマイカが、「それで……」と言った。「それで、どこへ行こうってつもりなんだ」

ブリンクは返事をせず、ドアが閉まった。

マイカの動きが止まった。

まずかったか、という気がする。といって、もし二度目があるとしても、どうしたらまずくならないのかわからない。

ギルフォードに住んでいる男から、マルウェアに感染していないかチェックしたいという依頼があった。その次は『まず電源オン』を読んだという女で、直接に講習を受けたら授業料はどれくらいかと問い合わせてから、とりあえず夫に相談すると言った。また別の女が新しいモデムの設定を頼みたいと言ってきた。〈コムキャスト〉には自分で簡単にできると言われたのだが、「やってみれば、ねえ」とのことだ。「たしかに」とマイカは言ったが、その通りになって、マイカ自身もサポートに電話するしかなくなった。届けられていた機器が再生品で、前の設定情報が残っていたらしいのだ。それで二十分近くも待たされてしまったが、依頼人の落ち度ではないので、割増料金はとらなかった。その間に自分のメールをチェックできましたから、時間の超過とは見なしません、ということにした。

そのあと、しばらく空き時間になったので、いくつかの雑用をこなしておいた。まず水曜日の仕事として室内の埃を払ってから、ソファベッドのリネンをはがして大洗濯。さらに外へ回って、半地下の窓際にたまった落ち葉の掃除をしてから、カーター夫妻のバスルームに手すりを取り付けておいた。

カーター夫妻は三階の住人なのだが、それで不都合なことになっていて、すっかり身体の弱ったルエラ・カーターには、もう階段の上がり下りができない。つまり世界が四部屋だけに縮んだのも同然だ。ずっとバスローブを着たままで、そうでない姿を見たのがいつだったのか、マイカにはわからなくなっている。それほどの年ではなく、まだ六十の手前だろうが、往年の重量感はなくなって、見る影もなく萎(しぼ)んでいた。そういう現状を当人がどこまで理解しているのか、やや不明なところもある。バスルームで作業をしていたら、とことこ歩いてきて、話し相手になろうとした。息をするだけでも大儀そうなのに、編み物の仲間が来てくれたのだと楽しげに語りたがる。「それはもう昔からの付き合いなのよ。みんなで六人なんだけどね、編み物をするだけじゃなくて、遠足に行ったりもするの。今年だって、春にはウォーターフロントのピクルス工場を見学したわ。見終わってから、おみやげに、小さいキュウリの酢漬けを一瓶ずつもらった。おいしかったわよ！　ハロウィンにはね、毎年、ボルティモア郡のカボチャ農場へ行く。お弁当持ってピクニックなのよ。ああ、待ちきれない。大笑いで盛り上がって、おかしな六人組だわ。今年はね、野球のボールくらいの、ちっちゃいカボチャを買うつもり。ミミっていう人が、そういうカボチャをくり抜いて、パンプキンスープの容れ物にするってレシピを見つけたのよ。すごくかわいいの。雑誌にでも出てたみたいね」

この人が遠足に出て行くとは、どう考えたらいいのだとマイカは思った。そんなスープを作れるはずもない。だが彼は「おれにもスープのお裾分けがあるかな」と言った。すると彼女は笑って、「どうかしらね。いい子にしてたら、考えてあげてもいいわよ」

ここでマイカはドリルを回しだしたのだが、彼女のおしゃべりは止まらなかった。ドリルを止めたら、おしゃべりの対象はハーブティーになっているようだった。「カモミールがいいんだって聞いたわ」と言うので、てっきり癌にいいのかと思ったら、不眠症の話らしかった。「寝る前に飲むと、すうっと眠れるんだって。だから、あたし、ドニーに〝今夜、一杯作ってよ。どれだけ効くか、ものは試し〟って言ったのよ。だって何でもやってみたいもの。とにかく何でもいい。眠れないってのは、ほんと頭に来るんだから。寝返りして左を向いたり右を向いたり。枕をはたいてふくらませたり。ドニーなんか、ぐうぐう鼾かいて寝ちゃうんだから、あたしをいじめてるみたいだわ。〝どうだ、おれはちゃんと寝られるぞ〟ってなもんでしょ。ところがね、それでどうなったかって言うと、ハーブティーなんたって、いいことないのよ。まず飲んで味が悪い。何これ、皿洗いの水かっていうくらいに、まずい。しかもまた効き目がない。あたし、一晩中、横になってるだけで、そのまんま……ドニーはモーターボートみたいな音出して寝てる。だからもう腹立ってきちゃってさ。あんなに腹が立ったこと、いままでに一遍だってなかった。最後にはもう、あたし、手を伸ばしてドニーの肩にどんとパンチしちゃった。そしたら〝何だ！〟なんて言って、やっと気がついたみたいなんで、〝もう我慢できないわよ〟って言ってやった。〝あたし、休まなきゃいけないのに、あんた一人だけぐうぐう寝てんだもの。ああ、やだ、かっかして口から泡を飛ばしそうだわっ〟」

どうやら彼女は自分でも怒りの正体がわかっていないようだが、そんなことをマイカは言わなかった。「そうだよね、眠れないってのは、困ったもんだ」と言っただけで、またドリルを回した。

今度は彼女も黙っていたが、ドリルの音が止むのを待ってから、また口を開いた。「きのう、医者に言われたのよ。〝治らない病気だってことは、まあ、おわかりですよね？〟なんて言うから、〝ええ、わかってます〟って答えた」

マイカは持っているドリルを下げて、彼女に目を向けた。

「あたしだって、何もその、神様に怒ってるわけじゃないの。ただ、なんだか怒ってるのよ」

「まあ、そうみたいだね」

マイカは彼女がわかっていないと思ったことに申し訳ない気がした。

アパートの全員宛としてメールを書いた。こういうものは家主のジェラード氏にもｃｃで読ませることにしている。ちゃんと仕事をしている証拠だ。

住民の皆様へ

またしても資源ゴミの日になりますが、またしても段ボール箱をつぶしていない方がおられます。現在、大箱が二つ、いまだ三次元の原形を保って出ています。なお、宛先ラベルが貼られたままですので、容疑者の特定は容易です。

これは市の条例に基づいた要請です。管理人の勝手な思いつきではありません。段ボール箱はつぶしておかなければ、公共事業のリサイクルとして収集されません。午後六時までに、しかるべくお取りはからいください。管理人だって殺し屋を差し向けたくはないので、よろしく願います。

くたびれたマイカより

送信ボタンを押して、しゅっ、とメールが飛んでいく。モニター画面の上方を見ると、時刻は四時四十五分。そろそろキャスの勤務も終わっているだろう。携帯を取り出して、彼女の番号をタップした。

「あら、マイカ」彼女が言った。

「もう帰ってる?」

「いま戻ったとこ」

「おう、よかった。それでナンには電話した?」

これを聞いておかなければ、と思っていた。ずっと聞かずにいたことの罪滅ぼしだ。たしかに迂闊だったと思う。

「いいえ、というか、またナンから電話してきた」

「へえ、そうなの?」

「ついにリチャードとの日取りを決めたとかで、アパートは手放すんだって」

「そりゃ、よかった」

「そうなのよ」

どことなく声音がおかしい。読めないものがある。

「じゃあ、賃貸の権利を引き継げるんだよな?」

「ええ、そう」と彼女は言ったのだが、この数日ずっと悩み抜いたわりには、あっさりした返事になっていた。「そちらのお客さんは、どうなったの?」

「ブリンク? あいつは出てった」

「もう泊まってくようなことは?」

「ない。しかしまあ、なんだか後味が悪い」

「どういうこと?」

「追い出したみたいなもんだ」

「追い出した!?」

「たぶん家出して逃げてるというか、そんなとこじゃないかと思う。へんに巻き込まれそうな気がしたんで、母親に連絡しろ、いやなら出ていけって言ったんだ。二つに一つ。そうしたら出てった」

「どこ行ったのかしら」

「どうだろな。でも、まあ、その話はもういいよ。いま電話してるのは、エイダに頼まれたからなんだが、あした夕食に来てくれないかな。ジョーイが婚約したとかいう娘との顔合わせで、家族が勢ぞろいするらしい」

「あら……ちょっと、やめとくわ」キャスは言った。

「やめとく？」

いくらか沈黙があって、また口を開いた彼女は、「つまり、そのう、あたしたち別れたほうがいいんじゃないかと思って」

マイカは、どんと一発、みぞおちに衝撃を食らっていた。

「なに？　どうして？」

「どうしてだと思う？　だって、ほら、あたしは住むべきアパートがなくなる寸前だったのよ。それで電話して、もうホームレスになりそうだって言ったのに、じゃあ、うちに来いよ、とは言ってくれなかった」

「うちに？」

「それなのに」キャスの声は落ち着いていた。「あなた、どうした？　転がり込んだ人には、さっさと空き部屋を提供しちゃって」

「いや、それはないだろ」

「たしかに、無意識の行動だったかもしれないわね。なんでこんなことしてるかと考えなかっただけかもね。でも実態としてどうなの。あたしが同居したら体裁が悪くなるように、お膳立てを整えちゃったじゃない」

「そんなこと思いもよらなかったぞ！　うちに同居する意志があるなんて知らなかった。そういうことだったのか？　いままでのルールを変えようって、いきなり思いついたのか？」

「そうじゃなくて、あなたはやっぱりあなたなのよ」

「何だそりゃ。どういうことだ」

「だから、つまり、いまあるあなたは、あたしにとってあるべきあなたじゃないのかも」

マイカは沈黙した。

「あたしが考えちゃうとしても無理はないでしょ」

「じゃ、まあ、そういう気持ちになってるとしたら、もう話してどうなるもんでもないな」

また沈黙。

「じゃ、そうね……そういうことで、さよなら」彼女は言った。

電話が切れた。

マイカは携帯をポケットにしまって、しばらく何もせずに、ただ坐っていた。

その晩、資源ゴミを路地に出していたら、無性に腹が立ってきた。おかしいではないか。無意識であろうがなかろうが、ブリンクが泊まっていくことを彼が仕組んだわけではない。そもそも空き部屋がふさがったからといって、だから何なのだ。マイカの部屋で、あのダブルベッドに寝ればよかった。これまでに彼女が泊まった夜と同じで、それが妥当な線だった。

しかも――。ここに同居する気があったなら、そうと言えばよかったではないか。待ってましたとばかりに別れる口実にするとは、どういうことか。まだ何かあるような感じがする。おれの言い分を聞こうともしなかった。

女心を読みなさいよ、という女の考えはけしからん。

彼は3A号室のリサイクル箱をのぞいて顔をしかめた。透明なプラスチックパックが満杯に押し込んである。こういうものを市の収集は受け付けない。

そもそもキャスと出会ったのは――

もう何年か前の、十二月の朝のこと。ハーフォード・ロードにある認可型の学校から仕事の依頼があった。リンチピン小学校というのだが、二つの教室でWi-Fi接続がおかしいという。その一方がキャスの受け持つ学級だった。

ノックをしたら出てきた彼女に、ふと惹かれるものがあった。彼と同じくらいの身長があって、あけっぴろげな顔をしていた。だが、このときの彼には、用意してきたブースターを取り付けることが大事だったので、ただちに教室内を大きく回りながら、ところどころで立ち止まって、携帯アプリで受信強度を見ていた。その間、キャスは——スレイド先生は——教卓の脇に立って、二人の男児と何やらの話をしていた。いや、子供らがしゃべっていたと言うべきだろう。彼女は思うことありげに首をかしげて、もっぱら二人の言うことを聞いていた。「はい、よし」ついに発言した先生の声が聞こえた。「気持ちはわかるよ。だけど、ものごとは両面から見ないとね」と言っておいて、ぱんと両手をたたいたので、二人がびくっとしていた。彼女は声を大きくして、「じゃあ、みんな」と言った。「ちょっと聞いて、いいかな?」

教室の子供たちが、私語をやめて、目を上げた。

「トラヴィスとコンラッドは、キャロルを歌いに行く場所がいやなんだって。老人ホームは気色悪いって言うのよ」

「だって臭いもん」トラヴィスかコンラッドか、どっちかわからないが、ずばりと言った。

「臭いが気になるってことね」先生が全員向けに言い換えた。

「おばあさんが手を出してくる。しつこい」

「去年、三年生で行ったら、顔にキスされた」と、もう一方の子が言った。

おとなしく聞いていた子供たちが、ここで何人か「おええっ」と言った。

「だけどね」キャスがしっかりと声を響かせた。「ここで別の見方もしてほしいのよ。そういう施設には、ふだん子供に会うことのない人がいるでしょ。年に一回、学校の子がキャロルを歌いに来るクリスマスだけよね。大人だって、昔に知ってた人はいなくなってることが多いだろうし、もちろん親はいなくなって、友だちも、夫や妻だった人もいなくなってる。世界がそっくり消えたみたいなものよ。兄弟姉妹もいなくなってるかな。ずっと昔の、たとえば九歳で、みんなと同じくらいの年だった頃の出来事を、いまも覚えてるかもしれないわね。でも、同じように覚えてるって人がいなくなってる。大変なことだって思わない？　その場にいるのは、つらい心を抱えた人ばかり。そういう人の前でキャロルを歌おうっていうのよ。だから、わざわざ行きたくないと思ったら、ちょっと考えてみて」

まったく理屈ではなく、マイカが感動していた。現実には、いままでに彼が知った老人は、やたらに元気なことが多かった。ところが子供たちに感動はなさそうで、異議を唱える声も上がっていた。「どうせ聞こえないかもしれない。肌の色と似たような補聴器つけてたりする！」「知りもしない子供が来たって、うれしくないんじゃないの？」

キャスはまた手をたたいた。「はい、わかった、もう静かに。すごくいやだっていう人は、行かなくていいことにしましょ。その時間には図書室にいられるように、ナイト先生に相談してみるわね。そうしたい人は？　誰かな？　誰かな？」

そっちの希望者はいないようだった。トラヴィスとコンラッドも黙っている。

「さて、それじゃ」彼女は教卓に向かって、教科書を手にした。「八十六ページを開けてください」

教室にかさこそとページを繰る音がして、トラヴィスとコンラッドも自分の席に戻った。マイカはブースターの電源を入れて、オレンジ色のランプが点灯するまで見ていた。

設定がすんだら、キャスに説明しておかねばならない。全体が静まって、ある女の子が黒板で算数の問題を解こうとしている間に、彼は人差し指を曲げてキャスを呼んだ。「ええと、これが」と声を落として、「ブースターから来てるＷｉ‐Ｆｉの名称になります」彼は携帯の画面に出ている文字列を見せた。「パスワードは前と変わってません。ちょっとだけ名称が長くなってます」

キャスがうなずいた。その目は携帯の画面に行っている。彼女から歯磨きのような香りがした。

「映画はお好きですか」彼は出し抜けに言った。

彼女がびっくりした目を向ける。

「あ、いや、〈チャールズ〉にご一緒してもいいんじゃないかと思ったので」と彼は言った。「この映画館は、ドタバタや撃ち合いというよりは、もっと良質な作品を多く上映する。「もちろん、結婚してらっしゃるとか、そんなだったら話は別ですが」

「いいえ」

という言葉が彼女の口から出た瞬間に、もうマイカはあきらめをつけていたのだが、これに続いて「結婚はしてません」と言われた。

彼女がさぐるような目で彼の顔を見た。どんな男なのか見定めたいらしい。マイカはしっかり立って、なるべく腹を引っ込めた。

「映画は、好きです」彼女は言った。「つまりその、やってるものにもよりますが」

「そういうことなら」と言った彼は、顔がほころぶのを止めようがなかった。

さっき彼女が子供たちに言ったことに、彼は心を奪われていた。〝つらい心を抱えた人ばかり〟。いい言葉ではないか。

さて、現状は――

ゴミ出しルール違反の二名は、どちらも段ボール箱をつぶしに来てはいなかった。1A号室のエド・アレン、2B号室のレーン氏。どっちも悪質だ。マイカは一つ目の箱を横倒しに置いて踏みつけた。上下の面を開くまでもない。とにかく踏みつけてつぶした。どかどか踏んだ。

4

エイダの一家は、ボルティモア市内のハムデンに住んでいる。小さくて平凡な家がならんでいる一角なのだが、どの家も徹底して管理が行き届いていた。住人には建築や配管などの技術屋が多く、さすがに商売で、保守点検に抜かりはない。ただ残念ながら、周辺の街路にお洒落なレストランや気取ったブティックが続々と開店したので、ある不便な交通事情が持ち上がっていた。マイカは駐車スペースをさがして、すぐには見つからず、いささか疑問のある駐め方をするしかなくなった。後部のバンパーがちょっぴり路地にはみ出している。すっきりしない気持ちを抱えて、エイダの家に行った。

庭が狭くて、ドアマット二枚分かと思うくらいだ。真ん中の通路の両側に、一枚ずつ広げたようなものだろう。それをエイダの夫が丹念に手入れしていた。芝生は均一な産毛ほどにも刈り込まれて、小鳥が水浴びできるグラスファイバーの水盤には秋の落葉が一枚も浮いていなかった。しかしエイダをはじめとする四姉妹は、その誰もが、どれだけ雑然とした家でも平気なのである。

マイカは正面の階段を上がろうとして、スケートボードと幼児用の蓋付きマグを回避しないといけなかった。玄関前にはベビーカーや三輪車が出ているし、スノーブーツも去年の冬から出しっ放しのようで、またコートハンガーがごちゃごちゃ突っ込まれた紙袋、グレープフルーツ半個が果汁を搾られて残った朝食の皿らしきものまで出ていた。

ドアを抜けると(ノックをせずに入ったのだが、もともとノックをしない家であるし、これだけ騒々しいのなら、どうせ聞こえるはずがない)スニーカーが何足も脱ぎ散らしてあって、この家は土足禁止なのかと思いたくなった。マホガニーのサイドテーブルに、ランプが載っていて、植木ばさみとネイルポリッシュのボトルも出ている。おそらく居間もいい勝負で散らかっているのだろうが、大勢が集まって隙間もないほどなので、どうなっているのかよくわからない。双子の姉リズとノーマ(一人は痩せていて、もう一人は太っていて、ちっとも似ていない)が、エイダの一番下の孫を可愛がって大はしゃぎしていた。リズの夫ケガーは窓際にいて携帯でしゃべっている。カウチには若い子がぎゅう詰めにならんで、薄型の大画面テレビで何かの試合を見ている。ジョーイも花嫁になりそうな人も見当たらないのだが、人が多すぎて紛れているのかもしれない。きょうに限ったことではないが、混乱をきわめる集まりになっていた。わいわいとお祭り騒ぎになって、身なりに気を遣わない面々がとんちんかんな色の服装をして、犬が吠えて、赤ん坊が泣いて、テレビの音が大きくて、チップスとディップソースのボウルが猛攻を受けている。

まずマイカに気づいたのは、エイダの夫だった。ひげに白いものの混じった、ごつい男である。ぱんぱんに丸くなった腹に、ぴったりとデニムのエプロンを掛けていた。その姿をダイニングルームの入口に見せて、一フィート半ほどもあるフライ返しを持っている。「よう、来たか。遅いぞ！」と大きな声を出した。その背後からエイダが来た。骨太で、派手な口紅をつけて、縮れ毛の髪を赤く染め、シャルドネの大瓶を抱えている。「あ、いらっしゃい。キャスはどうしたの？」

「いや、あのう……先約があったらしくて」

「あらまー——。どう、ワイン飲む？」

「勝手にビールもらうよ。幸せなお二人さん、どこにいるの？」

するとエイダが混み合う室内を見回して、「ジョーイは、どっか奥のほうにいるんだろうけど。あ、リリーがいた！　ちょっと、リリーちゃん、こっち来て」と呼びかけた若い女に、いままでマイカは気づいていなかった。その顔もブロンドの髪も、うっすらした色をしている。「弟と顔合わせしてよ。マイカっていうの」

「どうも、初めまして」お行儀よくしなさいと言われた子供のように、リリーが手を差し出してきた。

「こんちは、リリー」と、マイカは言った。

彼女の手は小さくて、ひんやりしていた。眼鏡はプラスチックのキャッツアイ型で、かなりの装飾品を身につけている。耳にシャンデリアイヤリング、髪にラインストーンのバレッタ、腕にバングル、二重のビーズネックレスに、大型のオーバルブローチ。いずれもドレッシーな青の装いと同系色でそろえている。大人たちの集まりに初めて一人で出てきた、というような印象がマイカにはあった。

「リリーは〈グローサリー・ヘヴン〉に勤めてるの」エイダが言った。「知ってるでしょ、あの店。ベルエア・ロードを行ったあたりの」

「ああ、知ってる」マイカは言った。

「オーガニック食材」フィルがずっしり重い声を聞かせた。「ヒッピー好み。グラノーラ」

「買い物したことあります？」リリーが言った。

「あ、いや……あんまり通らない道なんで」

「じゃあ、もしお立ち寄りになったら、わたし、お客様窓口にいますので」

「それでジョーイと出会うことに？」

「ええ。ジョーイはしばらく農産物の部門で頑張ったんですが、あんまり食品管理には向いてなかったみたいですね」

「そう、あんまり長くいなかった」いつの間にかジョーイが姿を現して、彼女に寄り添っていた。

「リリーにハンバーガー食べに行こうって誘うくらいの時間だけ」その肩に腕を回して、「こっちの目利きは確かでしょ」

「ま、幸運なやつだな」と言いながらマイカが考えていたのは、このジョーイを見たところ――ぽっちゃりした血色のよい顔で、スエットスーツを着て、足には紫色のクロックスを突っ掛けて――リリーの服装とくらべれば、まるっきり別の目的地へ来たような落差があるということだ。

しかし彼女はうっとりした目で彼を見上げて、抱き寄せられるままになっていた。

「マイカ叔父さんはITの人でね」ジョーイが言った。「独立して会社やってるんだよ」

「あら、ジョーイだって、そうすればいいじゃない！」

という話から察するに、いまだジョーイは生業というほどのものが定まっていないらしい。これから結婚しようというのに、そんなことで大丈夫かと思えてくる。ところが本人は得たりとばかり笑って、「そうなんだよねえ」と言った。

よく冷えた缶ビールを、マイカの手に持たせる人がいた。スージーだ。すぐ上の姉で、一番近しく感じている。「キャスは、連れてこなかったの？」

「ほかに用事があるらしい」とマイカは言ったのだが、どうせならこの話は終わらせようと思って、「――というか、もう別れたってことかな」

「別れた？」

がやがや騒がしい室内を、この言葉がナイフのように切り裂いた。不思議にぴたりと静まった中で、人の目がマイカに集まった。

「あんなにいい人だったのに！」エイダが言った。「この先、もう二度と、絶対、あんな人が見つかるとは思えない」

「いいこと言ってくれるよ」

「せっかくリリーに会ってもらおうと思ったのに」ジョーイが言った。それからリリーに向けて、「すっかり好きになっちゃうような人なんだよ」

「しかし、まあ」マイカは言った。「こういうことは、あるもんだ」

テレビでは選手の交代が告げられていた。「負傷退場のクラトウスキーに代わりまして、ホーキンズ――」だがカウチの若い連中は、みなマイカに目を向けている。その一人でノーマの娘エイミーが、「あたし、受験の相談に乗ってもらうはずだった」

「大学、受けるの？」マイカは言った。

これは不発に終わった。マイカへの注目は変わらない。

「どうにか戻ってもらえるようにならないの？」エイダが言った（やはりと言うべきか、別れるのはキャスの意志だと前提されているらしい）。

するとフィルが「いまからでも行なないを改めると言ったらどうだ」と忠告におよんだ。

「行ないって、何の？」

それで全員が笑いだした。どうしてかマイカにはわからない。もちろんリリーには話がさっぱりで、彼から視線を動かして、ほかの者を見てから、また彼に目を戻した。ジョーイが「マイカ叔父さんは、まあ、その……いろいろ細かいから」と教えた。

「そんなことないよ」マイカは言った。

「きょうは何の日だ、マイカ？」スージーの夫が玄関の近くから言った。小さい女の子を肩に乗せている。その子のスカートに大きなフリルがついていて、彼の首回りでエリザベス朝の襟飾りのように見えた。

「何の日って、木曜日だよ」

「掃除機の日？　煤払いの日？　壁の幅木を綿棒でこする日？」

「ちょっと、デーヴ、からかうんじゃないわよ」スージーが言った。

「こんなことで怒るやつじゃないさ。窓拭きの日？」

「ええっと」マイカは言いたくもないことを言った。「キッチンの日になってる」

「キッチンの日！　そんなのあるのか。キッチンも日をもらってるんだ」

「ああ」

「で、その日には、どんなことがある？」

「こらこら、デーヴ」と言ったエイダが、マイカをかばうように、その腰に腕を回した。

「え?」デーヴは言った。「知っときたいだけのことだよ。そいつのキッチンなんて、何にもしなくていいだろ。いつ見たって、ぴかぴかに清潔。フロアに落ちたものも食えそうだ」

「フロアにモップをかけるのは、また別なんで」マイカは言った。「あくまでキッチンの日。つまりカウンターや電化製品なんかを掃除する。それからキャビネットを一つ」

「一つ?」

「ローテーションでね」

また笑いが起こって、マイカは顔をくしゃっとゆがめてみせた。こんな冗談に合わせてやっているのが、自分でもよくわからない(むしろ煽っているとも言えよう)。

スージーが言った。「気にしないでね、マイカ。うちの人はああいうお行儀なんだって思ってよ。ガールフレンドに捨てられた男に、ふざけた口をきいてるの。ねえ、エイダ、そろそろ食べない? 夕食にしましょ」

「そうね。じゃあ、ダイニングルームへ行くわよ」エイダはマイカから離れて、みんなの先導役になった。「ロビーがね、読書は苦手だなんていうんで」という話をリリーに聞かせる。「これはナンシーの長男で、あたしには孫なのよ。そうしたらキャスが助っ人を買って出てくれた。あの人、先生やってるから。あたしらはロビーが学習障害なんじゃないかって思っちゃったんだけど、キャスったら、ほんとに粘り強くてね。そうやって面倒見てもらったのがよかったみたい。キャスってたいしたもんだわ。すっかり感心した」

マイカは思わず憤慨した。キャスはそんなに完璧な女じゃない！　もし何かしら気になることがあるなら、むっつり抱え込んでいないで、そうと言えばよさそうなものだった。だいたい、おれの家族なら、おれの味方をしたらどうなのだ。

ダイニングルームのサイドボードには、食べるものが満載になっていた。フィルが作ったグリルドポーク、および子供とベジタリアンの若い娘にマカロニ&チーズ、そしてグリーンサラダ、ポテトサラダ、カボチャのソテー、サヤインゲンのキャセロール（そのほか、懐中電灯、週刊誌の『ピープル』、しなびた菊の花瓶もあったのだが、これは不問にしておこう）。テーブルそのものには何も出ていない。その中央にはポータブル型の卓球ネットが張ったままで、もう二年や三年は片付けられたことがなく、すでに見慣れてしまって、いまさら誰の目にも入らない。個別の席は決まっていなかった。若い者は居間で食べるとして、大人たちはダイニングルームのテーブルまわりで、椅子やらスツールやらベンチやら、どこでも坐れそうなところに、ごちゃごちゃ詰めて坐り込む。そういう習慣になっていた。「じゃあ、リリーちゃん、そっち坐って。ジョーイと二人で正面に」エイダが言った。「あれ、ジョーイ、どこ行った？　ちょっと、ほら、戻ってらっしゃい」すでにジョーイは自分も若いつもりで居間へ行こうとしていたのだ。「あんた、こっちでしょ。リリーとならんで」

マイカは自分用の皿とフォークを手にすると、テーブルの縦長の側面で、とりあえず空席がならんでいる真ん中に坐った。右手側に卓球ネットがあるので、フォークは左に寄せて置いた。

「挙式はいつなの？」とリリーに言ってみる。

「ええ、クリスマスと思ってたんですけど、ジョーイは休日に合わせなくてもいいだろうって」

「どうせなら普通の休暇とは分けたいってことだよ」ジョーイが言った。「クリスマスでも、結婚式でも、それぞれ何日か休める」

「休むって、何を休むんだ？」マイカは言った。

「へ？」

「いま何の仕事してんの？」

「あ、いや、別に。いまは就活中」ということをジョーイは明るく言ってのける。「クリスマスには働いてるはずなんだよね」

「もしクリスマスだったら」エイダが言った。「ブライダルシャワーは、赤と緑のテーマでいけるよね」それからマイカに聞かせて、「そういうパーティーを花嫁さんに開いてあげようと思ってるの。あたしと双子で共催する。最近は女だけのパーティーでもなくなってるから、あんたも来ていいのよ」

「いや、あの……」

「ねえ、エイダ、覚えてる？」と、テーブルの反対側からスージーが言った。「あたしに開いてくれたパーティー」

どっと笑いが起こって、エイダは渋い顔をした。「あれは独立記念日がテーマだった」とリリーに教える。「花火をね、花瓶に何本も突っ込んで、ケーキにも立てちゃった。そしたらテーブルマットに火花が飛んで、ちょっと燃えちゃって、煙の感知器が作動して、消防車が来た。でも、何だかわからなくてさ、感知器の電源プラグを抜いたから、それですんだと思ってた。だから消防士のコスプレが来たんだと思っちゃって、〝脱いじゃえ、脱いじゃえ〟なんていう声が上がったりして、まあ、誰かしら男のいたずらでストリッパーでも来させたのかと思ったのよ。そしたら消防隊が、〝いや、皆さん、がっかりさせて申し訳ないが――〟だってさ」

「――なんていうのは、女のパーティーならではのことだった」と、ここには義理の娘として来ている女が言った。

リリーの緊張がほぐれたようだ。

「当然、愛国調の色彩になっていた」ノーマが懐かしむような口をきいて、「そうだったたわよね？」と、やや席の離れている夫に言った。リリーには「あの当時、グラントが〈リーズ・ドラッグストア〉に勤めてたんで、赤と白と青のデコレーション用品を、優待割引してもらった」

「ほら、リズがさ、ショートパンツで来たじゃない。独立記念日でバーベキューでもすると思ったのよね」エイダが言った。「でも、そんなんじゃなくて、パーティーなのよ。ドレッシーな女が集まってくる。それを見たリズは、プリーツのスカートを引っ張り出したんだわ。クリーニングから戻って袋に入ったままのスカートが、車の中にぶら下がってたんだけどね。それを腰に当てて、しゃなりしゃなりと入ってきたのよ。前から見るとスカートが揺れてるんだけど、うしろから見れば太腿が丸出し」

また女たちの笑いが巻き起こって、リリーも一応は笑顔を見せた。

「このポーク、うまいねえ、フィル」と、マイカは言った。もし残ったら、いくらか持っていけよと言われないかと思っている。

「うれしいね」フィルが言った。「ちょっと特別な固形燃料を使ったんだ。最近〈ホーム・デポ〉で売り出したんだが、あんまり安くはないぜ。ちょびっと買っても十四ドル九十八……」

こんな話は男にはおもしろいが、女にはつまらない。ざわざわと女同士の話が始まった。四人姉妹は――いずれも生涯現役のウエートレスで――そろって立ち上がると、飲みかけのグラスを満杯にしたり、スパイスやソースを勧めたり、サイドボードからあれこれのボウルを持ちだしてテーブルを回っていた。ある一人が居間に向けて「あんたたち、何か食べたいものある?」と言った。小さい子が二人、ダイニングルームに舞い戻ってきて、それぞれの母親の膝に乗り上がった。

た。「きょうはお昼寝しそこなっちゃったの」と、ある嫁さんが、子供の頭越しに、夫に言った。その間ずっと四姉妹は「スコーン食べる人いる?」、「ウェルダンが好きな人は?」などと言っている。マイカの左肩を越えて長いトングが現れ、ポークを一切れ、ひょいと皿に追加していった。

この四人なら、ウエートレスになったのも無理はない、とマイカは思っていた。どの姉もレストランのような雰囲気の家庭を築いている。つまり大混乱。鍋やらガラス器やらの音が響いて、「通りまーす」とか「頭、あぶない」とか「ちょっと、こっち手伝って」とか人の声も騒がしい。ほとんど戦場のようなもの。

テーブルの向かい側で、ケガーが一つ咳払いをしてから、「なあ、マイキー」と言った。

マイカは肉に塩を振る。

「マイキー?」

マイカは一口大に切った肉に、フォークを刺す。

「ケガーが何か言ってるわよ」エイダが言った。

彼は目を上げて、「え、そう?」と言った。「おかしいな。名前、呼ばれた?」

「マイカあ」ケガーがおおげさに言い直した。

「うん、ケガー」

「コンピューターを新しく買おうと思ってるんだが、ちょっと聞いていいかな」

こうなると、ほかの男の顔もマイカを向く。テクノロジーの話は好きなのだ。車で走るルートを比較するよりも、なおおもしろい。

「やっぱりマックがいいんだろうか。そうじゃないかとも思ってるんだが、マックのことはさっぱり知らないんだ。どの機種がいいのかもわからない」

「だったら役に立てるよ」マイカは肉を頬張った。

「あ、そう？」

もぐもぐ噛んでいる。

「カタログか何か、あるの？」

「アップルストアで待ち合わせようか。オプションを見ていこう」マイカは肉を呑み込んでから言った。「お客さん相手にはそうしてる」

「そりゃ、ありがたい」ケガーは言った。「もちろん手間賃くらい払わせてもらうよ」とも言ったが、これは真実味に欠けた。

「そんなのはいいよ」マイカは言った。

だいぶ前から、身内には無料サービスも仕方なし、と思うことにしている。そう割り切ったほうがさっぱりする。あいつは変人だとも思われずにすむ。ところが、これで一件落着かというと、そうでもなかった。四人の姉がキャスに関わる議論を忘れてくれたらしい、と思ったとたんに、リズが話を戻した。「あんたにはお似合いの人が見つかったと思ったのに」と、また席につきながら言う。「だって、キャスにも、ちょっぴりちょっと、細かいところがあったじゃないの」

「そうだったねえ」エイダも言う。「いつもハンドバッグと靴の色は、ぴったりと合わせてた」

「それのどこが細かいのさ」マイカには納得がいかない。

「あら、やーだ、まだ味方しちゃって」

「いや、別に――」

「それに」リズが言った。「カリフォルニアに弟がいるのに、会いに行くこともない。こっちとは時差が三時間あって、寝る時間を変えたくないからよね」

「だけどさあ、マイカが木曜日にキッチンの掃除をするからってだけで、なんで捨てたりするかっていうと――」エイダが言った。

「それで捨てられたんじゃないってば」マイカは言った。

「じゃあ、なんで」

全員が彼の答えを待った。男たちでさえ知りたがっているようだ。

「いや、あのう、たぶんそうなんじゃないかという話として、あいつが怒ったのは、おれが若いやつを客として泊めたからだ」

「え？　何その若いやつって」

「昔のガールフレンドの息子」

「昔のって、どの」

「ああ……ローナってのがいただろ」

「ローナ・バーテル？」

たまったものではない、とマイカは思う。この姉たちは、一度でも会ったことのある人間には、細々（こまごま）とした記憶を一つ残らず保存するらしい。そういうメモリーのキャッシュみたいなものは、定期的に消去することを勧めたい。ローナに会ったのは、もう二十何年か前のことで、それも一回か二回だろう。感謝祭のディナーか何かに来させたのだった。ところが、いま四人ともしゃきっと坐り直して、その中からスージーが言った。「ローナっていうと、あんたが三年生のとき二股かけて別れてった人でしょ。あのローナ？　それが息子を泊めてくれなんて、よく言うよね」

「ちょい待ち、そうは言ってないって」こんな話をしたのが悔やまれる。「ローナは何にも知らないんだよ。その若いやつが、まあ、その、学校をさぼって、ふらふら逃げまわってるみたいで、今夜一晩だけなんて言うから、いいよ、ってことにしたんだ。ローナは関知してない。それどころか、何度も息子にメールして、どこにいるのか聞こうとしてた」

ふと静かになった。さすがの四姉妹も言葉が出なくなったようだ。しばらくしてスージーが口を開いた。「じゃあ、あの……こう考えればいいのかな、なぜキャスに嫌われたかっていうと、もう会うこともなく、大学以来まったく音信のなかった元カノの息子に、客用の部屋を空けてやったから」

「ちがうよ。ともかく客用の部屋を空けたからだ。以上。そいつの母親が誰であれ、そんなの関係ない」

「どうだか」リズが言った。

「ほんとだって。母親がどうこうなんて、キャスは知りもしなかった」

うさんくさそうな顔が四つそろって、しげしげと彼を見た。

「ええっと、キャスはアパートを出なくちゃいけないと思ったんだ」マイカが沈黙を破った。

「結果としてそうはならなかったけども、一時はホームレスになりかねないと思ってた。しかも、どういうわけか、その話を聞いたおれが、うちに彼女を同居させまいとして、どこかの若いやつを客用の部屋にクイックインストールしたと思い込んだ」

「なんだか話がおかしいね」ようやく事態を呑み込んで、エイダが言った。

「おかしくても、そうなんだ」マイカは言った。「あれが無意識の行動だったと彼女も認めてはいたんだが、それにしても――」

「無意識なんていう言葉を、おれは唾棄するね」フィルが義弟に言って聞かせた。

「そう、深層ナントカいうのは、くだらんな」ケガーも同意見だ。

「だいたい客用の部屋というだけのことで」マイカは言った。「彼女が使うってわけでもない。うちに同居できるかどうかの問題ではなかった」

「まるっきり、わけがわからん」フィルは坐っている椅子をうしろに傾けた。

「それに」マイカは言った。「若いやつは一晩泊めただけで追い出したんだ。そこんとこを彼女がどう考えたいのかもわからない。もし彼女がアパートを立ち退かされたとしても、うちに移ってくるまでには、そいつはいなくなっていたはずだ。そういうことだろって、おれは言いたい」

「追い出した？」リズが言った。

「まあ、言うなれば」

「どうして？」

「いまの居所くらい母親に教えてやれって言ったんだ。なんたって電話やらメールやら、あっちからは安否を確認したくて、さんざん繰り返されていた。見ちゃいられないよ。あいつめ、どうしても返事しようとしないんで、じゃあ、出てけ、って言ってやった」

「あらまあ、母親にも知らせないなんて、そりゃひどいわ」ノーマが言った。

エイダが立ってテーブルの上を片付け、前腕に何枚も皿を重ねるプロの運び方をして、キッチンへ向かったが、ほかの三人はマイカの話を聞いて呆気にとられ、まだ動こうとはしなかった。

「もとから思ってたのよ」と、リズが言った。「あのローナ・バーテルって、まあ、その……たいした女じゃなかったわね。あんたには全然ふさわしくなかった。でも、だからといって、息子の居場所を知らされなくていいことにはならない」

「ところがブリンクはそう思ってないだろうね」マイカは言った。「さっさと出てっちゃった」

「ブリンクっていう名前なの？」

「うん」

「ラクロスをしてたり？」ケガーが言った。

「うん」

ケガーは、さもありなんという顔で、うなずいた。「プレッピーだな」とフィルに言う。「素足にローファーを履く」

「いや、そうでもなかったが——」

「それで、あんた、どうしたの？」エイダがキッチンから戻ってきた。

「おれ？」

「その子の母親に知らせてやったの？」

「あ、いや」

「なんで」

「あいつがどこ行ったのか知らないんだし、母親にだって連絡のつけようがない」

エイダは彼の皿を取り上げたが、そのまま真横に立って、顔をしかめていた。「この便利なご時世に？」

「だからって、わかるもんじゃないよ」

「ボルティモアに住んでるの？」

「いや、そうじゃなくて、どうやらワシントンＤＣらしい」

「そうなの？　番号調べたりした？」

「電話する気なんかないって。いまとなっては赤の他人」

「なんていう姓だっけ。バーテルか。昔のまま？」フィルが携帯を取り出し、人差し指でとんとん打っている。

「いまどき電話帳に載せてる人なんていないよ」マイカが言った。

「フェイスブックは？」

「いや、まともな人間なら、それはない」

「よく言うわ、そんなこと」スージーが言った。「フェイスブックがなかったら、高校時代の友だちがどうなってるか、一人もわからなくなる」

「わからなくて困るの？」マイカは言った。

リズの息子が居間から出てきた。カールという名前のティーンエージャーで、左腕にギプスをしている。「デザート、まだ？」

「そっちのお皿が全部片付いたらね」リズは言った。

「何があるの？」

「お楽しみプディング」

「えー、何それ……」この子が居間に引っ込んだ。

「なんでギプスしてるの？」マイカは言ったが、どこからも返事がなかった。エイダはまた皿を運んでキッチンへ行き、まだ携帯の画面をスクロールしているフィルは、「そのローナって、何かしら仕事してんの？　もし勤め先でもわかれば、手がかりになるかもな」

「わざわざ電話して、息子さんの居所は知りませんて言って、どうなるのさ」

「生きてるとは知らせてやれるでしょうに」リズが言った。「その息子が自分の意志でふらふら移動してるってことは、あんた、知ってるのよね。いまごろローナは、ひょっとして誘拐されたのかなんて思ってるかもしれない。そんな目に遭わされるのは、いくらローナ・バーテルだって、あんまり気の毒だわ。まさか子供が道路脇で死体になってやしないかと思いながら、どうしようもない」

マイカは「もう子供ってことはないだろう」と言ってから、その前の話にこだわって、「なんでカールはギプスしてんの？」

「馬鹿だからよ」リズが言った。ようやく立ち上がって、サイドボードの皿を片付けようとしている。キャセロールを抱えて立ち止まり、「まったく、仲間と一緒になって、誰かしらの遊び部屋にマットレスを持ってこうとしてたらしい。どっかのお下がりマットレスでどうするつもりだったのか知らないけど、知りたくもないわ。ともかくピックアップに積んで、ある一人のお兄ちゃんが運転した。ほかの連中は、カールもそうだけど、次の車にぎゅうぎゅう乗ったらしいのよ。そしたら、いきなりマットレスが荷台で動いちゃって、道路にずり落ちたもんだから、後続車がマットレスに乗り上げて、どう言ったらいいのか――」

「タイヤがずるっと滑った」またカールが顔を出して補足した。今度は皿を一枚持っている。「ちょっとだけマットレスに乗ってずるずる行ってから、イギーっていう運転してたやつが思いっきりアクセル踏んじゃって、車がばーんと前進して、すっげえスピードでマットレスがうしろに行ってた。マイカ叔父さんにも見せたかったな」

「冗談じゃないわよ。あんただって、そんな仲間に入ってたのがおかしい」リズが言った。「生きてればこそ、こんな話もしてられるんで――」

「それでギプスになってるの？」マイカは言った。

カールが答えて、「後部座席にぎゅう詰めだったから、シートベルトが足りなくて――」

「ああ、聞きたくない」リズは「考えるのもいやだわ。あたしの前では、この話、二度としないで」と言うなり、ぷりぷり怒ったように、キャセロールを持ってキッチンへ行った。

「ふう、わかったよ」カールは、しょうがない、という顔をマイカに向けてから、母親のあとから皿を持っていった。

「それはそうと」スージーが明るい声を出した。この姉だけが、いま現在、ばたばた動いていない。坐ったままの椅子からテーブルの全長を越すように、きらりと光る社交用の笑顔をリリーに飛ばした。「この家族、おかしな話ばっかり出てくるでしょう。あなたにどう思われるか知れたもんじゃないわね」

ああ、そうだった。リリーがそっちのけにされていた。だが彼女は健気にも笑顔で応じた。

「いえ、そんなことないです」たとえ束の間でも注目の的になって、だいぶ顔を赤らめている。

「あとで皆さんの名前を覚えていられるかどうか、それだけ心配してます」

「たしかに慣れないと難しい」デーヴが言った。「とくに四姉妹の区別だね。でも、こつがあるんだ。髪の色。エイダは赤く染めてる。ブロンドになってるのがリズとノーマで、その二人では、ええと、あんまり痩せてないのがノーマ。それでスージーは——」と自分の女房に笑った顔を向け、「染めてない。自然のまま（オ・ナチュレル）」と言ったのが、露骨にナチュラルという発音になった。

「面倒くさいだけなのよ」スージーは解説を入れた。「いったん染めたら、やめられなくなるじゃないの。美容院で人生をすり減らしたい？　もちろんお金もかかる」

「あ、はい、すごくわかります」リリーはさかんに頷いていた。

もともと染める必要もない髪だろう。ふわふわした梱包用の木屑みたいな色、とマイカは思った。

「あとはマイカだが、これは一番下で男だから……」デーヴは区別にこだわっている。

「ええ、マイカさんは、すぐ覚えられます」

これで笑いが起きた。「ほうら、な」とフィルが言った。「もはや生ける伝説になってるぞ」

「まあ、答えようもないが」マイカは言った。「一人だけ目立つのかな」

「甘やかされる存在なんだ」フィルがリリーに教えた。「末っ子で可愛がられたんでね。マイカが生まれた頃には、もうエイダはおれと婚約してた。スージーだって中学生にはなってたな。だから、どうしても追いつきたい気持ちになるんだろう。なるべく大人びて、世の中に反抗して、ひねくれる」

「でも、うちの兄ほどじゃないでしょう」リリーが言った。

「お兄さん、いるの？」スージーが言う。

「はい、レイモンドといって、二つ上です。自営業でして、〈トラベリング・トイレット〉なんていう名前で、ポータブルトイレの商売をしてます。そのことしか考えてないんですね。ガールフレンドも、男の友だちもいなくて……生活には困ってないみたいですけど」

「ふうん、いいじゃないの」スージーは言ったが、先細りで消えそうな口調からすると、たいして聞いているのでもなさそうだ。どこの家族も似たようなものだが、このモーティマー家でも、ほかの家より楽しくやっているという自負がある。マイカでさえも、表向きはどうあれ、案外、そう思っていたりする。

「じゃじゃーん」エイダが言った。大皿を抱えてキッチンの入口に立っている。何かしらホイップクリームに埋もれたものが載っているようだ。うしろからデザート皿を持った双子姉妹も来る。居間からは、ティーンエージャー、それ以下の子供たちが、どっと押し寄せてきた。

「フィル、写真撮って」エイダが指令を出した。自慢のデザートを記録しておきたいのだ。「みんな、まだフォーク持ってる?」

そんな人はいないようだ。ノーマが必要な本数を取りに行かされた。

「それに」と、リリーがスージーに言っている。「レイモンドはキッチンの掃除なんて絶対に思い立つことないです」

そう言われてスージーはきょとんとした(原則として、この家族の会話は、一方向に流れるというよりは、間欠泉が噴き上げるように、あちこちへ飛散するので、ある一つの話題を追うということに不慣れである)。ようやくスージーも「ああ、そう、お兄さんの話だったわね」と言った。

「レイモンドは洗濯のやり方もわかってないんです。うちへ持ってきては、ママに洗ってもらうんですよ」

「そこへいくと、マイカなんて、洗濯するのは月曜の朝八時二十五分、と決まってるもんな」デーヴが言った。

これは全然正しくないのだが、マイカはうるさいことを言わず、まわりの笑いを引き受けながら、まいったという仕草として、手のひらを上げただけだ。「ロースト用の鉄板が猫の寝床になってるような家で育ったら、こういう人間ができあがるよ」

「猫が、そんなところに！」デーヴは驚いたように言ったが、マイカの両親が生きていた時分から一家のことを知っているデーヴには、さほどに意外だったとも思われない。

「それに食器棚、食品棚、なんていうものがなかった」マイカはリリーに教えた。「戸棚と言えば、とにかく戸棚。何でも突っ込めるところに突っ込むんだ。そうでないものはカウンターに出しっ放し。夕食は五時だったり、八時だったり、なしだったり。使った皿は流しに重なってるだけで、きれいな皿がなくなるまで、そのまんま。朝にコーンフレークを食べようと思ったら、出しっ放しだったボウルを蛇口の下でざっと洗う」

「つらい子供時代だったのね」ノーマがぼそりと言った。

「そんなこと言ってないよ」マイカは言った。「いい時代だった。両親ともに立派。いま言ってるのは、ああいう混沌状態に育つと、自分ではやり方を変えて生きようとするってことだけ」

「じゃ、あたしはどうなの？」エイダが言った。

「あたし、と言うと？」

彼女はスプーンでデザートをすくって、小皿に取り分けていた。親指にくっついたホイップクリームをぺろりと舐めてから、「あたしだって混沌状態に育ったのよね？　双子もスージーもそうだった。でも、あたしら、小うるさいこと言わないよ」

「そのようだね」マイカは言った（なるほど枯れた菊の花びらがサイドボードに散っているし、なぜか濡れそぼったコミック本がキッチンの入口付近に落ちている）。

「その子供によりけりだわ」エイダは言った。「取り散らかった家庭に育って、大きくなったら片付けに徹しようと思う子もいるだろうし、どうせ人生とは取り散らかったものらしいから、あるがままに生きようと思う子もいる。育ち方がどうこうじゃないのよ」

「遺伝子かな」リズが言った。「ほら、おじいちゃんがそうだった」

「ああ、それだわ」ノーマが思い出して首を振った。

「マイカはおじいちゃんを知らない子だったの」リズがリリーに教えた。「でも、遺伝子は引き継いだみたいね。一人だけそうなった。おじいちゃんの家は、何でもきっちりきちんとしてた。

整理整頓てやつだわ。靴下の引き出しなんてボンボンの箱みたいでさ、くるくる丸めた靴下が、おじいちゃんの決めたように立たされてるのよ。新聞を読むにも規則があって、まず一面、それから二面という順番を厳守する。たたんだ新聞の折り目は、ナイフのように鋭かった。おじいちゃんより先に誰かが手を出すなんて、もってのほか！　商売は看板屋だった人でね、ペンキやらインクやらも、色のアルファベット順にならんでたわ。いくつもあって記憶に残ってるのが、たとえばBなんかで、ベージュ、ブラック、ブルー、ブラウン……あと何だったかな」

「バーガンディー、じゃないの？」ノーマが言った。

「そんなにおかしいかな」マイカは言った。「ほかにどうすればいい？」

「あたしだったら、もっと素直に自分を信じる」リズが言った。「もしブルーであれば、ええっとブルーはどこだっけ、きのう〝貸家〟の看板に使ったのが最後のはずで、なんていう感じよ」

そういう作業台がどんなものになるか、容易に見当がつく、とマイカは思った。缶やビンがでたらめにならんで、ペンキの固まった刷毛(はけ)も放ったらかしで、古ぼけたコーヒーマグや、ケーブルテレビの請求書、犬のリーシュ、食べかけのベーグルなんていうものも出ている。

「だから、いま言いたいのは――」エイダが言った。「きれい好き、ちゃらんぽらん、という問題なのではなくて、自然な現状を受容する人間なのかどうかということ。あたしら受容型の人間に言わせれば、この世は、万事、なるようにしかならないの」

「それもまた、つまんない話だよね」マイカは言った。「いまのままでいいとしか思わない人生って何だろう」

エイダは困ったような仕草を見せて、子供にデザートの皿を持たせた。「それを言ったら、おしまいだけどさ」


一家総出のディナーが終わると、後始末は男の担当という習慣になっていた。マイカは食洗機に皿を詰め込んでいた。入れ方にも要領がある。フィルは焼き網の汚れを落とした。デーヴとグラントがダイニングルームからの片付けものを運び終えた。ケガーは所在なく人の邪魔になっていた。息子または義理の息子である者も、建前としては手助けをすることになっているが、現実には混み合うだけでしかないので、ほどなく裏庭へ出ていった。すでにウィッフルボールで遊ぶ動きが出ている。

男の仕事が一段落しても、マイカから見れば、キッチンはまだダメ出しをしたくなるような状態にとどまっていた。カウンターにはレゴのブロックや、マジックマーカー、バッグ類が出しっ放しだ。なぜかオーヴンのドアが閉まらなくなっている。

まあいい。この際、受容型の人間をめざそう。

居間へ行くと、女たちが疲れた姿をさらけ出して、ラグの上にレーシング場を組もうとする幼児を見ていた。リクライニングチェアで眠っている若い嫁がいて、その膝で赤ん坊がぱっちり目を開け、両手で持ったゴム製のプレッツェルを嚙んでいる。マイカは誘いかけるようにちょいちょいと指先を揺らしたが、赤ん坊は厳しい目つきをして、くちゅくちゅ嚙んでいるだけだった。

「お坐りなさいよ」エイダが言った。「ねえ、リズ、ちょっと詰めてやって」

「あ、いや、そろそろ失礼する」

「なに急いでんのさ。まだ早いよ。いまから帰ってどうすんの」

「そうよ！」リズが言って、こうなると女たちが一斉にしゃきっと坐り直した。「帰ってどうすんの。することなんかないんでしょ。アパートに誰もいないんだし。だから、キャスに愛想つかされたのが残念だって言うのよ」

「いや、まあ、そういうことで」

スージーも言う。「どうにか話ができないの？　考え直してもらうとか。ものは言いようで、あっちの気が変わるように仕向けられない？」

「あー、はいはい、考えてみるよ」マイカはごまかして答えた。「じゃあ、エイダ、ごちそうさまでした。リリーにも楽しかったって伝えてよ。それからリズ、あとでケガーに言ってよ、コンピューターを見に行く気になったら、電話くれるように」

もう彼は玄関へ行こうとして、レーシング場のピースも、そのへんの幼児も踏んづけないように気を遣って歩いていた。その背中にスージーの声が飛んでくる。「もし何だったら、あたしからキャスに電話してあげようか」そしてノーマも、「一人さびしく、いじけた年寄りになっちゃうわよ！」

彼は玄関から外へ出た。さっぱりした空気に煙の匂いがするような黄昏だ。遠くからの物音しか聞こえない。大きく胸を張って、深々と息を吸い込んだ。

おおいに好ましい家族だと思っているのだが、どうかすると頭に来ることもある。


帰りの道に車を走らせていたら、メールの着信音があった。彼としては、運転中に携帯を見るなど、あってはならないことだ。さらに何ブロックか東へ進んでから、左折して……じわじわと減速して、ほとんど止まりそうな最徐行になった。

家族の誰かということはなかろう。仕事の依頼ということも、この時間なら、ないはずだ。

空きスペースを見つけると、彼は歩道側に寄って駐車した。それまでは携帯をポケットから出していない（「ようし、いいぞ」と心の中の監視員に賞められた）。眼鏡を頭に押し上げて、画面に目をこらしたのだが、何のことはない、携帯会社が当月分の領収を通知してきただけだった。

夕方以降にビジネスメールを送信するのは、もう違法にしてもらいたい。

拍子抜けしてだらりと坐っていたが、ほどなく携帯をしまって、眼鏡を顔に下ろし、また街路に走り出た。

アパートに戻って（いみじくもリズのご指摘にあったような誰もいないアパートで）、キッチン、居間、オフィスと、電灯をつけて回った。オフィスに坐ってメールをチェックしたが、こっちにも領収の通知が来ていただけだ。携帯に送って、なお念を入れたということか。

ずるっと椅子を引いて立ち上がろうとしたところで、その動きが止まった。

きょうは一日ずっと、胸の奥が痛むようで、へんに気になっていた。どこかでミスをしたような……いや、あれこれドジを踏んだのかもしれない。キャスに見捨てられ、ブリンクをどこやらへ追い払って、それにまた……姉たちの言うとおり、ブリンクが野垂れ死にしていないか、いつまでもローナに気を揉ませているのは、たしかに非情なことである。

また椅子を前に出して、ネットで検索した。

びっくりするくらい簡単に見つかった。ワシントンDCの法律扶助協会を見つけてから、〝スタッフ〟をクリックすると、弁護士のリストが出た。ローナ・バーテルはなかったが、ローナ・B・アダムズという名前がある。これをクリック。すると彼女がいた。濃い色の髪をして、肩から上が写っていて、ホーンリムの眼鏡をかけて（！）ぱりっとした白い襟のブラウスを着ている。さがそうと思って見ているから、わかったようなものだ。歩道ですれ違っただけなら、あの彼女だとは思わなかったかもしれない。写真に添えて短い紹介文があり、得意な分野――家族法――

と職歴、学歴が書かれていた。そして電話番号、ファックス番号、メールアドレス。

メールを出すことにした。まず秘書に読まれるかもしれないと想定して、なるべく簡潔に、用件のみ、という感じにした。「こんにちは、ローナ、大学時代のマイカです。じつはブリンクと出会ったので、ちょっとお知らせしておこうと思いました。いい子ですね。ちゃんとやってるようです。Mより」この文面で、しゅっと送信して、また椅子を引いて立った。

これで気分がよくなる、という理屈だったはずだが、まだ胸に痛みは残っていた。

5

金曜日は、霜の降りた朝になった。十月にしてはめずらしい。外へ出たら、芝が白くなっていたので、また目の錯覚かと思ったくらいだ。起き抜けだと視野がぼやける。ぱちぱちと瞼（まぶた）の開閉をして、これは本物だと知った。空気が冷たくて自分の息が見えた。どうせ走っているうちには身体があたたまるが、そうと思わなければ、ジャケットを取りに戻ったところだ。

この時間だと街路に人の姿はない。走ってから帰る頃には、車のクラクションが鳴って、通学の子供が歩道に群れをなし、キッチンのような白、病院のような青あるいは緑の衣服を着た人々がバス停にならんでいるだろう。いまはまだヨーク・ロードに人も車も出ていない。きょろきょろ見ずに渡れそうな道になっている。チャールズ・ストリートまで走って、誰にも会うことがなかった。

一夜にして町に大変動があったとしたらどうだろう。よく話には聞いていた中性子爆弾なんていうものが落ちたのだとしたら。たしか人間を消し去っておいて建物だけは残すのだと言われていた。そういう何かがあったと気づくまでに、どれだけ時間がかかるだろう。とりあえず、きょうは交差点で立ち止まらなくてよいのがありがたいと思う。ベビーカーを押す母親の集団を避けて走ることもなくなる。帰ってから電話をチェックして、何のメッセージも来ていないので安心する。シャワーにも、朝食にも、金曜日で掃除機をかけるにも、ゆっくり時間を使える。だが、それでもまだメッセージが来ない。ドアをたたいて用件を持ち込むアパートの住人もいない。結構なことだ。ほかの仕事をしておこう。解説書の改訂作業をしてもよい。ちょいちょいとサンドイッチを作ってランチをすませてから(なおも電話は不思議に静まっているので)もっと攻めた料理をして、いまから夕食まで煮込めばよいというつもりになる。さらに改訂を続けることにするが、やっているうちに飽きてくるので、しばらく携帯を手にしてカウチにひっくり返り、スパイダーソリテアで遊んでいると、やりだすと止まらなくなるということがあって、ちょっとだけのつもりが、もうちょっとになったりもするが、だから困るというのでもない。どうせ時間はいくらでもあるのだと思えてくる。

日が暮れてきたら、カウチから起き上がって、窓から外をのぞくと、アゼリアが茂って視界が悪いので、表へ出て街路の様子を見ることにする。通り過ぎる車はない。灯のともる窓もない。レイクトラウトの店の前で待つ人もない。ショッピングカートを引きずる老婦人もいない。パーカーを着た若いやつらがふざけ合って車道にはみ出すこともない。

「おーい」と呼んでみる。

何もなし。


ローランド・アヴェニューの手前まで来て、やや速度を落とし、袖で顔をぬぐった。その顔を上げると、ジョギングスーツの女が二人ならんで、やや前方を歩いていた。さらに差が詰まって「だからクリス・ジェニングズから聞いたんだもの」という話し声が聞こえた。「そんなこと、どうしてわかったのって言ったら、クリスがね、そりゃあ、おれだって結婚して二十年にもなるんだからさ、だって」

「おもしろいものよねえ。人間てのは、ほんとに……思いもよらない」

マイカは追い越しながら二人の顔に目を走らせた。空腹で宴席に通りかかったように、つい見てしまっていた。

それからは急に人出が増えた。ブリーフケースを持った男たち。大きなバックパックを背負って、ボール紙のジオラマと丸めたポスターを持った子供たち。乗用車、バス、スクールバス、後部に二人の作業員がへばりついているゴミの収集車。小学校に近づいたあたりで、道路を渡ろうとする男の子がいて、交通指導員も誘導に出た。いくらか離れた位置でステーションワゴンを降りた女が、「ほら、上着は?」と呼びかけた。

男の子が振り向いた。「へ？」

「忘れてるじゃないの」

「へ？」

「上着よ」通りがかりの女が教えてやった。「あっ」と言った子供が、とことこ走ってステーションワゴンに戻った。

マイカも指導員つきで道路を渡ってから、右折して家に向かった。

なるほど世の中を立ち行かせるのは女なのだ（そう、〝立ち行かせる〟のであって、〝動かしている〟のではない）。ここで彼は回避行動をとって、ティーンエージャーの男子二人組との衝突を避けた。一人が携帯を持って、二人で画面に見入っている。女というのは暗黙の了解事項をしっかりと心得ている。客として呼ばれた家の化粧室で手を拭くとしたら、さっぱりと糊がきいてアイロンのかかったリネンには手を出さず、自分のスリップの裾か、くたびれた家族用のタオルになすりつけてごまかす。フルーツをあぶなっかしいピラミッド形に積んだボウルを出されても、まあ、すてき、と言うだけで、すてきな形状を乱そうとはしない。その昔、母が友人たちを招いていた頃に、マイカは作り物のフルーツを出しておけばよいではないかと考えたくらいだ。どうせ誰にもわからなかったろう。あの姉たちにしても（あれだけ散らかった家庭でも平気でいられる、ちゃらんぽらんな姉たちでさえ）ワイングラスに口紅の跡がついたと思うと、こっそりグラスの縁をこするような指の動きを、いつのまにか習得していた。また六年生の同級生だった女の子たちも、どこでどう覚えたものか、両手で髪をかき上げて無造作にまとめると、一本のヘアピンも使わないのに、なんとなく頭の上に乗っかっているのが魔法のようで、それでいて幾筋かのほつれ毛がくるくる巻きながら首筋に落ちかかるのが可愛かった。見ているマイカは、ああいうのが一人いてもいいな、と思ったりした。まだティーンエージャーでもなく、性に目覚めてもいないうちに、自分専用の女の子を望みたいような気がしたのだった。

それなのに、いまはどうだ。一人もいない。

ヨーク・ロードまでの最終ストレッチで、ほとんど歩くくらいまで速度を落とした。いつも見る消火栓を、また赤毛の人かと思ってしまって、あいかわらずの錯覚に、毎度ながら、いやはやと肩を揺すっていた。いや、この錯覚ばかりではない。いつだって同じことを繰り返し考えて暮らしている。がっちりと型にはまった思考になって、人生そのものが型通りになっている。

レイクトラウトの店を通過すると、〝金曜の魚料理スペシャル〟という手書きの文字がウィンドーに見えた。毎週、金曜日には決まって出てくる表示である。すっかり古びて、端っこから丸まってきていた。アパートの通路に近づいていったら、正面ポーチに女の姿が見えた。ふだんは坐る人のないブランコ椅子に坐っている。

とっさにキャスだろうと思った。ちっとも似てはいなくて、キャスよりはずっと小柄だし、髪の色も濃い。その髪を、ぴったりと帽子をかぶったようにカットしていた。きちんと両足をそろえて動かさない。もしキャスだったら爪先の力でブランコを前後に揺らしているだろう。だが、とくに誰かのことを考えていたとすれば、そういうことになる。どんな知らない人でも、見た瞬間には、その人ではないかと思ってしまう。

「おはよう」階段を上がりながら、彼は言った。

「マイカよね？」

静かな特徴があって、彼女だとわかった。その声というのではない。わずかにハスキーなことを彼は忘れていたが、そんな声のせいではなく、またマイカの「イ」が山岳部方言のような鼻にかかった音だったからでもない。たとえ目を上げて見つめてきたのだったとしても、みごとに静まっている印象があって彼女だと思った。奇異なほどに落ち着き払っている。

「ローナか」彼は腰に当てていた手を下ろした。

彼女が立った。「ブリンクのことで来たわ」

「うん」

「あの子を、どこで見たの？」

そう言った声音にも、手のひらをぎゅっと合わせた様子にも、危機感がにじみ出ていた。

「どこと言うか、ここで」

「ここ?」と、あたりを見回し、「なんで、ここへ来るのよ」

すぐには答えず、彼は「寄ってく?」と言った。

彼女はくるっと回って、ブランコ椅子に置いてあったハンドバッグを拾った。彼は玄関ドアを開けて——この際、洗濯室を通るかどうかかまっていられない緊急事態である——まず彼女を先に通した。彼女はネービーブルーの洒落たパンツスーツを着て、そのジャケットが腰でふわっと広がっていた。これは残念だ、とマイカは思った。また残念と言えば、髪がショートなのも……なんだか真剣味が薄れる。だが色白の顔が生まじめなのは昔のままだ。先導して階段を下りようと彼女の前を通過したら、そのように見えた。いまでも鹿のような目をしている。写真にあったようなホーンリムの眼鏡はかけていなかった。

地階を案内していって、自分の部屋のドアを解錠し、室内へ彼女を招いた。「すまないが、こんなで……」まだ片付ける時間がなかったんで、と言いかけたのだが(コーヒーテーブルにはビールの空き缶が何本か出ていて、どうでもいい郵便物と携帯電話も置かれていたのだけれど)、いまの彼の暮らしぶりなど彼女の知ったことではあるまい。その目は彼の顔を見据えている。ごく細いとはいえ眉間に二本の皺が走っていると見えたのには、おやっと思わされた。

「何だってまた、あの子がここへ来るのよ」彼女は言った。

「いや、だからその……」

ちょっと面倒なことになりそうだ。

「おそらく、おれたちの昔の写真でも見たんじゃないかな」

彼女は話を呑み込めないような顔をする。

「どうやら、父親について、おかしな考えがあるようで……」

彼女は目をそらさない。

「いや、その、おれが父親だと思ったらしい」

「なんですって？」

「まあ、その、あれこれ考えたんだろう」

彼女は背後にあるリクライニングチェアを手さぐりして、どさっと坐り込んだ。

「もちろん間違いは正してやった」マイカは言った。

「それにしたって……話が合わない」

「おれもそう言ったんだ」

「どう考えると、そういうことになるのかしら」

「だったら、きみの口から本当の父親を教えてやったら……」

「学校のことは何か言ってた？」

「学校？　いや、モンタギュー・カレッジへ行ってるとだけ」

「モントローズだわ」

マイカは、ぐしゃぐしゃに置かれたアフガンをどけてから、カウチに坐り込んだ。「どうしてここがわかった?」

「だってメールが来たじゃないの。朝起きれば、まず仕事のメールをチェックする。ＩＴのサービスをやってるってことは、マリッサ・ベアードに聞いて知ってた。彼女、同窓会にはまめに出席して、情報集めに抜かりがないのよ」

「彼女らしいね」彼はふざけたように言った。

ローナはたしなめる目つきをした。昔もこんなだった。「それでボルティモア市内のコンピューター修理を検索したら、〈テック・ハーミット〉っていうのが出た。女子寮ではそういう呼び方をされてたわね。まったく隠者(ハーミット)よ」

「そうだった」

「あんまり世の中にありふれた名前じゃないもの」

「おれって、読みやすい人間なのかな」

これに異論はなさそうだった。「まず電話しようかと思ったのよ。番号の途中の数字まで行ってたわ。でも、こんな朝じゃ早過ぎると思い直して、しばらく待つことにしたんだけど、どうせ待つんだったら直接会いに行けばいいじゃないかってことで」

「ああ、電話してかまわなかったんだよ。おれは、ほとんど毎日、明け方には起きるから」

「まだ明けてなかった。このところ、たいして寝てないのよ。それに……」と言い淀んで、「じかに顔を合わせたほうが、はっきりした答えがもらえると思うのよね」

「おれがごまかすと思った？」

彼女は、さあね、と肩を動かした。

「で、あの子はあなたを見つけて、父親なんじゃないかと知りたがった……」

「もちろん違うと言ったさ」

「それで出てった？」

「そう。ところが、あとで戻ってきたんだ。たぶん、どうという当てもなかったんだろう。結局、うちで夕食をとらせて、客用の部屋を空けてやって、翌朝もここで食ってった……あっけらかんと呑気なもんだ」

「行き先を家族に知らせてないってことは？」

「はっきりとは言わなかったが、どかすかメールが来てたんで察しはついたさ。せめてお母さんには知らせてやれって言ったんだ。ほんとだよ。だからまた出てったようなもんだけどな。すぐに帰る気がなくても、居所だけは知らせなきゃだめだって言ったんだ」

というところに感謝されてもよさそうなものだと思っていたのだが、彼女は「これからどこ行くんだって匂わせもしなかったの？」としか言わなかった。

なかなかの追及ぶりだ。鼻を利かせ、じろりと睨みつけて、迫ってくる。

「まったく何も」彼は言った。

「わたしたちも警察には知らせてない。行方不明と見なされるかどうかも怪しいわ」

「あたりまえだ。もう十八歳になってる」

「まあ、そうなんだけど――」

「じたばた騒いで拉致されたわけじゃない」

「うん……」

「どんな具合に出てったんだ？」

「ええっと、まず学校を出て、うちへ帰ってきた。というのがミステリその一なのよ。秋学期だもの。九月に始まったばかりよ。うまくやってるなんて言ってたけどね。もともと、たいして連絡があったわけじゃないわよ。ひょっこりメールが来ることもあるくらい。ジェルボールの洗剤は一回に何個入れるんだとか、荷物の中に鼻スプレーを入れてくれたかとか、そんなような。だってティーンエージャーなんてそんなものでしょ。あんまり打ち明けた話をするとは思ってなかった」

「だろうね」マイカは言った。

「そしたら先週、わたしが仕事から帰ったら、二階の部屋から音楽が流れてくるんだもの。上がってって、ノックして、のぞき込んだら、あの子、ベッドに寝転がって、天井を見つめてるのよ。〝やだ、ブリンク、あんた、どうかしたの〟って言ったら、〝自分の部屋にいるのに理由なんかない〟と来たわ。〝ここまでどうやって？　大学は？　授業じゃないの？〟って言うと、〝寮にいるやつの車に乗っけてもらった。しばらく自主休講してる〟なんて言うと、ごろんと転がって壁を向いたっきり」

マイカは、あちゃ、と舌を鳴らした。

「わたしは、いくらか様子を見てやる気になったの。すんなりとは言いにくいことがあって、どうにか言おうとしてるのかもしれないと思った。出来が悪くて退学になったとかね。でも、まだ十月なんだもの。こんなに早くから退学って、そんなことある？　まあ、とりあえず、わたしは一階に下りた。あとでロジャーが帰ってきたんで、上がってもらったのよ。あの二人、何というか……ぴりぴりしたところがあって、そういうことは父親と息子にはありがちなんだろうけど、今回はブリンクにも男同士で話したいことがあるんじゃないかって、つまり、その、男の悩みみたいなものがあるんなら、そうなんだろうと思ったの。だけどロジャーにしても、たいした話を引き出せなくて、わたしたち、わけわかんなくなっちゃった。それが先週の木曜日で、ブリンクは金曜、土曜、日曜と、うちにいたわ。食事になると下りてきたけど、ろくに口もきかなくて、弟や妹にもそうだった。下の二人は、初めのうち、お兄ちゃんが帰ってきたんで喜んだけど、ブリンクは見向きもしなかったわね」

「ひょっとすると自我にショックを食らったのかもしれない」マイカは言った。「高校時代には自分がすごいやつだと思っていられたのに、大学へ行ったら、すごいやつがいくらでもいた、なんていうような」

「ええ、それも考えたわ」ローナは言う。「そんなものだったら、まあいいんじゃないかとも思った。それで月曜日に仕事を早めに切り上げて、ふだんの買い物に付き合わせようとしたのよ。自動車の効果もあるかなと思って。ほら、いつもは親としゃべらない子供でも、車に乗せて走ると、本音をぶちまけたりするじゃない。車の中だと何を言ってもいいみたいな。ずっと部屋でごろごろしてたから、もう動きたくてたまらずに、外に出る口実を喜ぶんじゃないかとも思った。それに週末には父親と、ちょっと、その、言い合いにもなってたんで、そっちは望み薄ということでね。ロジャーも、どうかすると、ごり押しになっちゃうところがあるから。子供がどんなものかわかってなくて、つまり、子供によっては、どうしても……いくらか時間をかけないとだめっていう子もいるんで。まあ、ともかく、わたしに付き合ってもいいってブリンクも思ったみたい。ついてきたって損はないものね。それで走り出してから、わたし、自分の話をしたのよ。大学へ行った最初の学期のこと。わたしは山出しの田舎娘みたいな気分だったけど、〝あんたは、いいわよね〃って言ったの。〃いろんなことやってるじゃないの。そういうことは、おのずと人に知れるものよ。スポーツもできるし、音楽もうまいんだから〃。ねえ、あの子、ギターを弾くなんて言ってた？　絶対音感があるの。誰に似たのかしら。わたしの系統じゃないわね。電話をかけるピッピッていう音で、その番号の数字がわかっちゃうんだもの」

「ほんと？」マイカは言った。おもしろい話だ。「いや、しかし、どんな機種でも、同じ音で鳴るんだろうか」

ローナがじろりと見てきた。

「いや、失礼。——どうぞ」

「赤信号で止まったんで」ローナの話が続いた。「わたし言ったの、〃だから大丈夫なのよ。大学で何か困ったようなことがあったとしても、あんたならきっとどうにかなるって思う。いくらでもやり直しがきくわ。うまくいくように生まれついたんだもの、ねえ〃。そこまで言ったら、あの子どうしたと思う。ぴたっと黙ったまま、ドアを開けて、外に出て、ドアを閉めて、どっか行っちゃった」

「ふうん」

「もう、びっくりよ。というか傷ついた。でも、そんなに心配しなかった。住宅地で、真っ昼間で——また気持ちが落ち着いたら、一人で帰って来られないわけじゃない。それで買い物をすませて、うちに戻って、片付けて……いつでもブリンクが歩いて帰ってくるだろうって思ってた。ところが、そうじゃなかったのよ。あれっきり顔を見てないの」

「ありゃま」マイカは親身になったように言おうとしたが、内心では、あわてることもない話かなと思っていた。「さて、コーヒーでも飲むかい？　おれは朝食もまだなんだ」

「あら、ごめん」ローナは言った。「じゃあ、お言葉に甘えて、コーヒー、うれしいわ。朝の支度もどうぞ。かまわないで」

「朝は、食ったの？」

「いえ、でも食べる気ないから」

「いくらか腹に入れたほうがいいぞ。キッチンにおいでよ」

彼が立って、彼女もついて来た。「あの、ほら、心にずっしり重いものがあると、喉に何かしらつっかえたようになって、食べるなんて考えられなくなるでしょ」

「まあね、気持ちはわかる」

彼は流しへ行ってパーコレーターに水を入れた。ローナはキッチンの椅子に腰を下ろしている。

「じゃ、あの子、そういうこと言わなかったの？　学校に行ってないとか、家を出たとか」

「全然。きみが何度もメールして居所を聞きたがってるとしか知らなかった」

「ロジャーは放っておけばいいって言うのよ。どうせ金がなくなって戻るしかないって」

「かなり持ってるのかな」

「大学で使えるようにと思って、デビットカードを持たせてある。いなくなった翌日に口座をチェックしたら、三百ドル引き出してあったわ。一回あたりに設定した限度額ね。車を降りてすぐのATMに立ち寄ったみたい。それ以上わからなかった」

「それにしても、三百じゃ、そう長くはもたない」マイカは言った。

「ロジャーもそれを言うのよ。でも、わたしほど心配してない。もちろん息子はかわいいと思ってるんだけど、やっぱり男の人っていうのは、ね」

マイカは卵をボウルに割り入れていた。ローナに背中を向けたまま言ってみる。「ブリンクに本当の父親が誰なのか言おうと思ったことある？　血のつながった、という意味での父親」

これに返事はないのかもしれないと思った。しばらく話が途切れたのだ。それから彼女が言った。「本当の父親は、わからないの」

マイカは手にしたフォークで卵をかき混ぜた。

「あなたと別れてから、わたし……遊んじゃったとでも言うか、だいぶ無茶をしたの」

マイカは自分の聞き違いを疑った。いま聞こえたはずのことを彼女が言っているとは思えない。カウンターの下からフライパンを出して、レンジに置いた。そういう時間稼ぎで、もっと聞き出せるかと思ったのだが、また口を開いた彼女は「あなたから電話したら、返事があると思う？」

と言った。

「おれが電話？」

「案外、気が合ってたんじゃないの。あの子に好かれたみたいだわ」

「そりゃまあ、どうにか話はできてたが」

「だから、あなたが相手だったら、電話に出るかもしれない」

マイカはレンジから身体を離して、コーヒーテーブルの上にある携帯を取ろうとした。「やつの番号は？」

彼女は答える代わりに携帯を宙にかざして画面を見せた。彼は目を近づけてのぞき込み、その番号を自分の携帯に打ち込んで、耳に当てた。

呼び出し音が二度鳴って、ブリンクが「もしもし」と言った。

はっきり聞こえたので、ローナもぴくんと顔を上げた。

「マイカだけど」

「あ、ども」

「おまえのママが来てるんだ」

ぷつっと切れて、無音になった。

ローナが悲痛な顔をした。「切られた？」

「らしいね」マイカは携帯に目を落としてから、カウンターの上に置いた。

「どうしてずばっと言っちゃったの？」

「え？」

「わたしがいるって言ったじゃない」

「どう言えばよかった？」

「だから、その、もうちょっと切り出しようがあったんじゃないかと。どこにいるとか、どうしてるとか、そのあたりから聞いてもよかったのよ」

「そりゃ、すまん。台本が決まってるとは思わなかった」

「あ、マイカ、ごめん。謝るわ」彼女は言った（こんな言葉の往復が以前にもあったような、めずらしくもないような気がする）。彼女の目に涙が光っているようだ。「つい期待しちゃって、そのあとだったから——。どうして、あの子にこうまで怒られないといけないのか……」

マイカはレンジの前に戻って、バーナーに点火し、バターを少し切ってフライパンに落とした。

「あっちからかけてくるんじゃないかな」

「そう思う？」

「条件反射みたいに、つい切っちゃったんじゃないの。そのうち考え直すだろう」

「あの子が学校からいなくなった理由を、あれこれ考えちゃうのよ」ローナは言った。「たとえば、入りたかった友愛会（フラタニティ）があるのに、入れてもらえなかったとか……でも入学してすぐに、そこまで行くかな。そうだったかもしれないけど。さもなくば、新人いじめがあって、停学処分にでもなったとか。最近、そんな話が、よく新聞に出てるじゃないの」

「新人をいじめるのは、もう先輩になってるやつだろ」

「あ、そうか、たしかに。じゃあ、飲み過ぎたんだわ。ティーンエージャーの飲酒は、笑いごとじゃないわよね。さもなくばドラッグなのかも。あの学校は、ドラッグだと即退学なんで」

「まあねえ。そういうことであれば、退学の理由を親に言いたくはないだろうね」マイカはボウルを傾けて、フライパンに卵を流し込み、フォークでぐるぐるかき回した。

「まさかデートレイプしたとか。そういうのも新聞で騒がれてる」

マイカはぽかんとした顔を向けた。「何のこっちゃ」

「何よ。ときとして子供が判断を誤るってことは、わたしだって知ってます」

「そりゃそうだが、誤った判断にも、ピンからキリってもんで」

彼女は肩を上げて下ろした。「あんまり世間知らずだとは思わないでね」

マイカはレンジに向き直って、また卵をかき回した。「大学以来、ずいぶん変わったんだな」

「ええ、そう。変わろうとしたの。あの頃はひどく頑なになってたんだって、いまにして思うわ。あなたには焦（じ）れったいことだったでしょうね」

「そう思う?」そんな態度を見せたつもりはなかった。

「もし思いきってあなたと寝ていたら、わたしたち、どんな人生になったかしらね。でも、そうしなかった。あれじゃ、うまくいくはずなかった」

「へえ、見くびられたもんだな。そんなに薄っぺらく見られたのか。——だから、ま、その、あとで遊んじゃったっていうのか」

「だと思う」彼女はあっさり口にした。「とにかく、いまはブリンクの話だわ。たとえばデートレイプとか、あらぬ疑いをかけられるような、まずいことになってるんじゃないかと思うのよ」

マイカは戸棚から二枚の皿を出して、テーブルに置いた。

「わたしなら、結構だわよ」彼女が言った。

「いやなら食べなくてもいいさ」

彼はフォークで卵を分けて、半分は彼女の皿に、もう半分は自分の皿に盛った。コーヒーも二つのマグに入れて、テーブルに置く。

「どうなのかな、子供っていうのは」ローナがじっくり考えるような言い方をした。「うまく選ばれて生まれるのかもしれない。その親が学習するように、神様が目配りをして、親子の組み合わせが決まるんじゃないの」

「ブリンクがいると何を学習させられるんだ?」

「あの子、母親とはまるっきりタイプが違うのよ」

「そりゃそうだ」

この返事にはうさんくさそうな視線を飛ばされたが、彼はフォークやナプキン、またクリーム、砂糖を出すので忙しいことにした。

「じゃあ、まだ信仰心は保ってるみたいだね」向かい合って坐ると、彼は言った。

「ええ、それはもう」と答えた彼女が、ちょっと考えて、言い直したくなったように、「しばらく離れて、また戻ったのよ。ブリンクが生まれてから、だったかな」

「ご主人はどうなの」

「どうって？」

「信心してる？」

「いえ、あんまり」

「ブリンクは？」

「あの子は全然だめ。いまのところ無宗教だわ。でも、いずれは信じるようになってくれると思う」

「今度のちょっとした家出が、きっかけになったりするかも」マイカは熱っぽい口をきいてみた。

ブリンクの失踪に明るい見方をしてやりたいと思ったのだが、ローナが向けてきた目は表情に乏しかった。

「ブリンクっていう名前は、どうしてそうなったの?」

「大学時代の教会で、若者向けのカウンセラーだった人の名前から。メアリベス・ブリンク。会ったことある?」

「いや、覚えがない」

「妊娠がわかったとき、助けてくれた人なのよ。彼女がいなかったら、わたし、何をどうしてたかわからない。すっかり世話になったわ。居場所を見つけて、授業関係の話もつけて——。どうにか学位が取れるまでになったのは、あの人がいたからでしかない。もし女の子が生まれたらメアリベスにするところだったけど、男の子だったんでブリンクにした。あの半分でもつながりを感じた人なんて、ほかにいっこないんだわ」

マイカにぷつりと刺さってくる感覚があった。〝いっこない〟と聞いたからだ。もとは田舎の娘だったことを隠せない痕跡が、言葉遣いの下から棘のように出ていた。いまテーブルの向こうにいるのは、パンツスーツに装った都会派の弁護士だ。あやうく「ローナ、ほんとに、きみなのか」と言いそうになった。これだけ悲しくなるとは思わなかった。昔のように彼女に惹かれるものを感じない。この女への欲望に駆られて、さんざん白昼夢に身悶えしたことに、いまはもう驚いてしまう。いや、彼が変わったのだ。彼女の中にゆらゆら光って見えたものが、もはや彼には見えなくなっている。そういうことだ。

彼女はコーヒーに口をつけた。そのマグを置いてから、「で、あなたは、たしかデュースと仲違いして、会社を離れたんだったわね」

「うん。どうしようもない会社だった」

「そのあとで〈テック・ハーミット〉を始めた？」

「だいぶあとでね」

彼女はもっと言わせたいようだったが、もう彼は口を閉じた。コーヒーを飲む彼女に見られながら、着々と卵を食べていった。さすがに黙っているのもおかしいような気がして、「いくつかＩＴ関連の会社に雇われたこともあったんだが、つまんないやつばっかりでね。そのうちに、担当したお客さんで、ジェラードさんていう人が、おれを当てにするようになって、フロリダへ引っ越す気になったときに、このアパートの管理人をやってくれないかと言ってきた。そりゃまあ、いわば雑用係で、給料だって冗談みたいなもんだ。しかし、ともあれ住み込みで家賃はかからないし、うるさい上司もいない。そうこうして、いまの居場所が昔のお客さんにも知れてきたんで、〈テック・ハーミット〉を立ち上げたんだ」

「ふうん」ローナは言った。

「甲斐性がないのかな」

「いえ、それは、ちょっと違うと思う。つまり……昔から変わってないというか」

「昔から、どんなだった?」

「ええと、だからその、だめだったらもう一度ってことがない」

「おいおい、いま言ったのは、その逆だよ。だめだったからもう一度っていう繰り返しだ。さんざん下手なことをして、やり直すばっかりだった」

「なるほど」ローナは言った。「結婚は、しなかった?」

「ああ」

「どうして?」

おそらく彼女のせいだとでも思っているのだろう。女に裏切られて消えない傷が残ったとか何とか――。だが彼に言わせれば、そんなのは自惚れというものだ。「いやあ、何度か、その気になりかかったんだが、たぶん結婚するタイプじゃないんだろうな」

「で、いまは誰もいない?」

「ああ」

彼はしっかりと彼女の視線を受け止めた。誰もいないからといって、だから恥ずかしいとは思いたくない。そのうちに彼女は視線を下げて(また結構なことに)手にしたフォークを、スクランブルドエッグに刺していた。

「ご家族、どうしてる?」彼女が言った。

「うちの?」

「エイダ、スージー、双子――。ご両親は健在?」

「いや、親父はおれが大学をやめた年に死んだ。それから二年ばかりでお袋も。姉はそろって元気なものだ。エイダとノーマは、おばあちゃんになってる」

「おもしろい人たちだった」ローナは、もう一度、卵をフォークですくった。「あの家って……サーカスみたいだった。ほら、レイバーデーに、みんなで集まったことあったわよね。ノーマは裁縫の研究中とかで、女の子たちがお手製の服を着せられてたじゃない。茶色のコットン地にスパチュラの模様がついてたでしょう。キッチンのカーテンの余り生地で作ったんだもの。あのころスージーは臨月になってて、一時間に十回もオシッコに立ってた。そのたびに〝自然が呼んでる!〟って大笑いしてた。みんなで笑い転げたけども、スージーの笑い方がおかしいんで、言ったことがおかしいんじゃなかった」

「まったく愉快だね」たしかにマイカの姉たちは、ほかの人間まで愉快にする性質があった。

「やっとコードレス電話を買ったとか言って、それが鳴るたんびに、どこ行った、どこで鳴ってるって、わいわい大騒ぎしたじゃないの」

「そうだった。洗濯物のカゴに入ってたこともあったな。どうしてそうなったのか謎のままだ」

「お父さんが補聴器を置き忘れたこともあって——」

「そう、しょっちゅう置き忘れる一家だった」

「——ノーマの旦那さん、ええと、グレゴリーだったか、ゲアリーだったか……」

「グラント」

「——そのグラントが、何かの話の都合で、死後に生まれ変わる（リインカーネーション）って言ったのよ。そしたらお父さんがぷりぷり怒ったように、〝何だそりゃ、グリーンのカーネーションて、そんなのあるのか〟」

ごちゃごちゃした記憶がでたらめに復活して、この場に家族が集まったような気もした。にぎやかで、取り留めがない。マイカは顔がほころぶのを抑えきれなかった（じかに接していない分だけ簡単に笑顔になれる）。「というか、親父の場合は、置き忘れたことにしたがった。補聴器なんてものが煩わしかったんだな。あんなの着けてたって、自分の口がくちゃくちゃ嚙む音しか聞こえねえ、とか言ってた」

彼の携帯が鳴った。

ローナは凍りついたようになって、彼の顔を見た。

「ちょっと失礼」彼は立って、カウンターへ行った。表示された番号に見覚えはなかったが、まさかブリンクということもあるのかと思って、「もしもし」と応じた。

男の声が「〈テック・ハーミット〉ですか」と言った。

「はい」

「ええと、B・R・モンローという者ですが、プリンターの具合がとんでもないことになっていて」

「すいません、ちょっと都合で、折り返しかけます」彼は通話を切って、携帯を置いた。

ローナはまだ目をそらしていなかった。「やっぱりかけてこないんだわ」

「さて、どうかな」

「こないわよ」

彼女は立ち上がって、ハンドバッグに手を伸ばした。「じゃあ、名刺を渡しとく」

「もう行くの？」

「オフィスへ出ないとね。ともかくも生きてることはわかったし、危なくもないらしい。もし何か言ってきたら、知らせてくれる？」

「そりゃもう」マイカは受け取った名刺を携帯とならべて置いた。

「今度は、どうにか居させるようにできるかしら。あの子にはわからないように、こっそり知らせてよ。すぐ来るわ。一時間以内に来る」

「そんなに無理して命取りになってもいけない」マイカは言った。「じゃあ、こうしよう。一時間半かけていい。それまでは居させるよ」

「ありがと、マイカ」

ローナが居間のほうへ歩きだしたので、マイカは追い越していって、ドアを開け、地下の通路を案内した。正面の入口階段に出てから、「車はどこに駐めたの？」

「そのへん」と言って、彼女は古着屋のある方角に目を投げた。それから彼の腕に手を置くと、背伸びして、彼の頬にキスをした。これだけ近いと、シャンプーか石鹼か何だか知らないが、ほんのりレモンのような香りがした。「会えてよかったわ。こんな場合だけどね。ともかく、ご親切に感謝するわ」

「まあ、いいって」

彼は手を尻ポケットに突っ込み、やや下がった位置から、街路へ出て行く彼女を見送った。うしろから見ていると、どこにでもいるキャリアウーマンのようだが、どことなく足の運びに迷いがあって、勢いに欠ける。行き先が決まらないような印象がなくもなかった。だが、まもなく、彼女は右に曲がって見えなくなった。

B・R・モンローのプリンターは、もう処置なしになっていた。〝印刷〟コマンドには応じるのだが、白紙が出てくるだけである。「ああ、そう言えば」と、モンロー氏は思い返した。「ここんとこ二週間かそこら、警告みたいなのが出てたっけな。プリントアウトする色がだんだん薄くなってってった。カートリッジは全部交換したんだけど、何の役にも立たなかった」

スエットスーツを着た中年男である。白くなりかかった髪の毛を、ほっそりした一本に束ねて背中に垂らし、顔には三日分の無精ひげが出ていた。いかにも在宅で仕事をするタイプだ。オフィスにしている部屋は乱雑もいいところで、空っぽのコーヒーマグがどこにでも置いてあり、積み上げたパンフレットの山が崩れそうになっている。交換したというカートリッジの包装が、机の上に散らばっていた。

「いつから使ってるんです?」マイカは言った。

「ええっと、これを買ったのは、まだ娘がうちにいた頃だな。古いのを譲ってやったんで覚えてる。いまはもう娘は大学を出て、ニューヨークで仕事してる」

「じゃあ、とうに保証は切れてますね。はっきり言って修理はできません。どうしてもということであればメーカー修理になりますが、荷造りして発送する費用を考えると、割に合いませんよ。新品を買ったほうがいいです」

「ありゃ」

「いまはプリンターも安いですからね。びっくりします」

「で、そう言われただけで出張費かかるの?」モンロー氏は言った。

「ええ、まあ」

「何にもしてないのに」

「基本料金だけはお願いしますよ。電話でも言いましたが」

モンロー氏は溜息をついて、小切手帳を取ろうと、ぱたぱた歩きだした。ゴムサンダルが素足の踵に当たっている。

帰り道にATMへ立ち寄って、受け取った小切手の入金をしておいた。それからスーパーで食料品——ピーナツバター、牛の挽肉、サラダの材料——を買って、またヨーク・ロードを走りだした。アパート前の道に折れながら、つい反射的に正面階段へ目をやったが、もちろん誰もいなかった。

横道へ右折して駐車場に車を入れ、買ってきた食料品をトランクから出して、裏口への階段を下りた。

電話で呼び出されて出かける前に、朝食の片付けはすませておいたのだが、キッチンには卵とコーヒーの匂いが残っていた。ローナが坐っていた椅子は、彼の椅子と向かい合わせに、きっちりと押し戻されていた。テーブルには何も載っていなくて、表面が薄い光を放っている。がらんとした音が部屋に響くように思えた。

あら、お帰りなさい、と言う人はいない。

買ってきたものを出して、ピーナツバターは戸棚に、挽肉は冷蔵庫にしまった。サラダの材料はカウンターに置いた。そろそろランチにしてもいい時間である。だが、すぐに支度をすることもなく、彼はふらりと居間のほうへ行った。そっちは片付いていない。わびしい視線の先にあるのは、ぐしゃっと投げられたアフガン、まだビールの空き缶と無駄な郵便物が出しっ放しのコーヒーテーブル――。彼だって、一皮剝けば、自分で思っていたたい以上に、身内と同じなのかもしれない。掃除機をかける日を一回飛ばすだけで、すぐにでも混沌を極めるかもしれない。

ふと自身の姿が見えるような気がした。きのうの晩、どんな体たらくになっていたか。だらしなくカウチに坐り込み、ビールを何缶も飲みながら、ソリテアを何ゲームも繰り返した。

居間を出て、今度は寝室へ行った。ベッドはきっちり整っている。いつもランニングウェアを着るとすぐ、忘れないうちに始末しておく。ところがランニングウェアそのものは、椅子の背に投げ出しただけだ。化粧ダンスは引き出しの左上段がいくらか開いたままで、スニーカーはラグの上で不ぞろいに脱ぎ捨てられていた。彼は引き出しに寄っていって、しっかりと閉めてから、その隣の引き出しを開けて、入っているものを見た。たたんだ白いナイトガウン、ヘアブラシ、コットンのショーツ二枚、オリーヴグリーンのセーター。つまり、キャスが泊まっていく場合の用品が、まだ残っているのだった。

セーターは彼女の目の色とぴったり同じだった。そんな話を彼がしたこともあったが、じつは逆なのだと彼女は言った。目の色がセーターに合っている。「あたしの目は、何色を着ても、うまく合うのよ」ふざけたように彼の脇腹を突っついてから、「今度、赤い服を着たら、よく見といて」と言っていた。彼はふと思い出し笑いを誘われた。いい顔をしているのに、本人がその気になっていない。そういうところが好ましかった。

いままでに結婚を考えたこともある。それは確かだ。結婚なんて面倒なだけだとばかり思っていたのではない。ところが女と付き合うたびに、やめておこうと学習することになった。たとえばザラ。あとで思えば、いかにも相性が悪かった。文字通りにも、比喩としても、角がとがっていた。ぷーんと飛びまわる蚊のような女で、まわりを気にせず、あっちへこっちへ跳ねていた。マイカのようなおもしろくもない堅物に目を向けたこと自体が、まったく不思議なのだった。その関係がだらだら続き、昔の大学の近所にあったおかしな間取りのアパートで、二年近くも共同生活をしていた。ところが、ある日、彼はアパートの電話でリダイヤルのボタンを押した。前の晩にデュースと意見を戦わせていたので、その続きというつもりだったが、つながった相手はデュースではなかった。チャーリー・アトウィック。ザラの知り合いでダンサーをしている男だ。ずんと響く低音の声で、すぐにわかった。「あいつ、出かけた？　いまから行っていい？　欲求たまっちゃって」

マイカは電話を切って、鏡の中で呆然としている自分の顔を見つめた。

これだけの衝撃があるとは、じつは予想していなかった。ザラと一緒にいると何となくいらついてしまうことを、しばらく前から半ば意識していて、正直なところ、ザラはくたびれる相手だった。そこから踏み出す理由になってくれたチャーリー・アトウィックには感謝してもいいくらいだ。しかし、こうまで唐突に、だまし討ちも同然に見捨てられることが二度までもあるとは、いったいどういうことなのか。それから何カ月か、彼はむっつりと塞ぎ込んで、誰か紹介してやろうかと友人に言われても、その必要はないと答えていた。出会って、親しくなって、という手続きが面倒でならないと言った。そのように頑張ろうという気がしない。アデルと知り合ってからも、どこかに歯止めがかかって、「こんなややこしいこと、本気でやってるのか」とも思っていた。結局、彼女が悲痛な声を出し、もう彼とは別れて、これから一生、オオカミを絶滅させないように活動するという話を、まっすぐ向かい合って切り出してきたときには、もう安堵したというに近かった。また自由になった！　あたふた気を遣うことから解放された！

キャスの場合は――。まあ、出会ったのは彼が四十になってからだし、彼女もいくらか年下というだけだった。無理しなくていい、と彼は思った。どっちも大人だ。これ以上には変わらないだろう。それぞれの生活になじんでもいる。自分たちのイメージを言うなら、キアに乗って走っている姿だ。彼は運転だけに集中し、彼女は助手席の窓から外をながめて、一人で鼻歌を口ずさんでいる。

いまから彼女に言ったらどうだろう。「おれを見捨てないでくれ。考え直してくれ」

ま、それはない。

おれの世界から消えていく女、というように思えた。これっきりで忘れる。会うこともない。ローナや、ほかの女も、そのようになった。

いや、ローナは一度だけ偶然見かけたことがある。あれは別れて間もない時期だったはずだ。遠目にちらっと見ただけだが、誰かの腕にぶら下がり、浮ついて笑っていたようだ。あとでデュースの友人から聞いた話では、彼女は「このごろ飛び跳ねているらしい」とのことだった。そういう言い方をされた。マイカは不審に思って、「飛び跳ねてる？」と聞き返した。

「あっちの男、こっちの男、っていう感じなんだよな。見るたびに違う。たしか酔っ払ってたときもあった」

「ローナは飲まない」マイカは断定した。男がどうこういう点については、反論する気にもならなかった。どこかでクラスメートの誰かと、また別の誰かと歩いている。だったらどうなのだ。少なくともラリー・エズモンドとは切れてるだろう。あんなのは一時の気紛れだったに違いない。

いま彼はキッチンに戻って、戸棚から水切り器を出した。トマトを流水で洗って、エンダイヴも二つ洗った。これを可能なかぎりフランス風に「あんでぃーぶ」と発音してみる。「サラーダに、あんでぃーぶ！」

それでおもしろいとも思えなかった。

6

「リリーのこと、どう思った？」エイダが言った。マイカの朝食の最中に、そんな電話がかかったのだ。窓の外の枯葉に雨水がたくたく垂れる音がして、夜中に目が覚めてしまった。それでラジオのアラームを解除して、もう寝過ごしてかまわない、朝のランニングも中止、ということにした。食べかかっていたベーコンを皿に置いて、指先をちょいちょいと拭いてから、電話に出たところなのである。「いい子だと思ったよ。あの年でもう結婚するのかっていう気もしたけど」

「二十一だわよ。あたしなんか、もっと若かった。でも、あんたの言いたいこともわかる。ちょっと、その、初々しいっていうのか……。それに、あのジョーイが、どうやって稼いでいけるのか。そりゃ、いまはいいわよ、リリーのほうに仕事があるんだから。だけど、あの娘、こないだ夢の話なんかしてたの。一つのチャイルドシートに双子を坐らせようとしてる夢だったんだって。赤ん坊の夢を見たなんて、赤ん坊が欲しいってことでしょうに」

「赤ん坊の夢を見たら、自分でも欲しいってことになるの？」

「そろそろ人生を次の段階に進ませたいという無意識の兆候なのよ」

「ふーん」マイカは一呼吸おいて言った。「ジョーイには年相応の行動をしてほしいって、昔から言ってたっけね。今度ばかりは背中を押せる機会かもしれないってことだ」

「そうねえ」エイダは疑わしそうだ。「で、まあ、ロウリー先生に司式してもらえる話はしたかしら。ピラー・バプティスト教会の牧師さん。リリーの実家は決まった教会がないの。ロウリー先生、喜んで引き受けてくれて、きのうの晩、うちに来て誓いの言葉の打ち合わせをしたのよ」ここでエイダは笑った。「〝彼女を愛しますか〟って聞かれたジョーイが、〝ええ、そういうことも〟って言うの」

「そういうことも？」

「あら」エイダは気楽なものだ。「何だかんだ言って、夫婦なんてのは、せいぜいそんなものじゃない。――ところで、あんた、仕事のアシスタントを募集したりしないかな」

「自分一人でも余ってるくらいだ。まさか、心当たりでも？」

「ジョーイ、と思ったんだけど」

こんなものに答えるまでもない、とマイカは考える。「そう言えば、もう仕事に出なくちゃ」と言ったら、エイダは「ああ、わかった。あんまり邪魔してもいけないよね」

彼は電話を切って、あらためてベーコンを口に入れた。

十時半。大工が来たので出ていった。ヘンリー・ベルといって、ネズミの侵入口をふさぐのが得意である。ひょろっとした赤ひげの男だ。年格好はマイカと同じくらい。もう何度か来てもらったことがある（この近所のネズミは、どこまでも知恵が回るらしい）。この男が控え目に笑った顔になって、「やあ、どうしてる？」と言った。

「ぼちぼちだな」マイカは彼を屋内に入れた。

いまのところ雨はやんでいるが、ヘンリーは玄関を入ってすぐのマットに作業ブーツをこすりつけた。「またボイラー室に入られたなんてことはないんだろうね」

「ああ、そっちは大丈夫、だと思う。きょうは1B号室なんだ。キッチンに出たって言ってる」

「駆除の人、来たの？」

「来た。冷蔵庫の裏に糞が落ちてたって伝えるように言われた」

マイカのあとからヘンリーが進んで、工具箱が音を立てた。マイカはヨーランダの部屋まで行ってドアベルを押した。

彼女がバスローブ姿で現れた——いや、何と言うべきか、フロアまで届く花柄の正面に、つうっと長くジッパーがついた服である。「あら、おはよう」と、ヘンリーに言う。「ネズミ対策の人よね！」

で」

「そうです」

「こんなに背が高い人だとは思わなかった」

ヘンリーは首を回して、冷めた目をマイカに向けた。

「冷蔵庫の裏を見せてもらうよ」マイカが言った。「〈ペスト・セントラル〉がそう言ってたんで」

「レンジもね」ヘンリーが言った。「ここはガスですか、それとも電気？」

「ええっと、ガスだわ」ヨーランダは髪をばさっと耳のうしろへ撫でつけた。

「じゃあ、ガス管を通す穴の可能性もありますね」ヘンリーが歩きだして、あとの二人も続いた。

キッチンの入口で、彼は工具箱を置いてかがみ込み、長くて重そうな懐中電灯を引っ張り出した。マイカとヨーランダは入れなくなって、廊下で見ていただけだ。ヘンリーはキッチンをぐるりと大きく見て回りながら、壁とフロアの境目に懐中電灯をこつこつ当てていた。

「きのうの晩、テレビを見てたらね」ヨーランダが言った。「出たのよ。目の前を走ってた。きゃっと叫んで椅子に乗るような女でもないけれど、びっくりしちゃったことには違いないわよ。何かしら思いもよらないものが動いたら、そんなもんでしょ。目の隅をちらっとかすめるんで、うぎゃっと思って、心臓がどきどきして、首筋がぞくっとする」

「先祖返りってやつね」ヘンリーがひょいと振り向いて口を出した。

「なんですって？」

「原始人の昔から、反射として残ってるんですよ」

ヨーランダはマイカの顔を見た。

キッチンを一回りする点検を終えて、ヘンリーが廊下へ出ようとするので、ほかの二人が道をあけた。ヘンリーは手に持った懐中電灯をぶらぶらさせながら廊下を歩いていく。

「あの人、奥さんいるの？　知らない？」ヨーランダが声をひそめて言った。

「どうなんだろ」

「ふうむ」

彼女はヘンリーの後ろ姿をしげしげと見ていた。

「あのさ」マイカは言った。「ちょっと立ち入ったことを聞くけども」

彼女は明るい顔になって、マイカに振り返った。「ああ、ようやく！　こういうこともあるのねえ」

「さんざんネットの出会い系みたいなのをやって、知りもしない人とデートして、もうやめようなんて思ったことないの？　つまり、その、いやになったりしない？　どうして続けてんの？」

こう言われて気を悪くするかと思いきや、彼女は何ともなさそうだった。「あたし、要領が悪いから」と言って、ふふっと笑う。それからまじめな顔で、「予備段階が主目的みたいになってる」

「予備……」

「うん、何を着て行こうなんて考えて、お化粧して、今度こそうまくいきそうな気がしてる段階。あとは、まあ、うまくいかなくたって、あの準備が楽しかった、それなりに良かったって思える。そうやって元気出して進まなくちゃ、ってことを言いたいのよ」

「だけどさあ、経験から学ぶってこともあるんじゃないの。堂々めぐりの無駄を避けるなんていうような」

「それじゃあ、あきらめて死んだふり、ってことになっちゃう」

どっちから何を言っても平行線、と彼は思った。

ヘンリーは点検を終えたらしい。また廊下を戻ってきて、工具箱に懐中電灯をしまった。「やっぱりレンジの裏から来るみたいだね」と言って、まっすぐに立つ。「板金を釘付けして穴をふさげば……あ、そうだ、駆除の人、ネズミ捕りの罠にピーナツバターを仕掛けたようだね」

「だめなの?」ヨーランダは、ぽうっとした顔で彼を見上げた。

「そう、おれだったら、練りゴマ(タヒニ)にするかな」

「タヒニ!」

「その上から、ぱらぱらっとゴマを振る」

「ゴマを！　あたし、タヒニってゴマそのものかと思ってた」

「あくまで個人の見解だけど」

「いえいえ、そうだわ、よくわかる」ヨーランダはもう歌っているようなものだ。

ヘンリーは無表情な目を向ける。「ほかの部屋からは苦情出てない？」と、これはマイカに言った。

「いまのところは——。ここの始末が終わったら、どっかで出るのは目に見えてる」

ヘンリーは思索するようにうなずいた。

「じゃあ、あとはよろしく」マイカは言った。「いつものように、請求書はおれ宛てに」

「ほいきた」ヘンリーはまた工具箱にかがみ込んで、一番上のトレーを持ち上げ、その下をのぞいた。

これでもうマイカは用がない。出ていくマイカを、ヨーランダは気にも留めなかった。

ランチには、あぶり焼きチキンの残り物を細かく切って、刻んだセロリ、マヨネーズ、ケッパーをからめて混ぜた（週末になると、いったん冷蔵庫を空っぽにしたくなる）。ケッパー(capers)といえば、いつぞやキャスに聞いた話を思い出した。四年生の初日のピクニックに、ケッパー入りのツナサラダを持っていったら、ある男の子が「先生」、と話しかけてきた。「こういうカプリース(caprices)、ほんとに好きなんです」こんなことを言うキャスの声が、子供の真似になっていた。いつもの声よりは小さめに、はしゃいだように聞かせている。人の声色を真似るのは愚かしいというのがマイカの持論で、その考えが変わることはないのだが、あんなことをキャスが言っていた瞬間には、また戻ってみたいような気もした。そうなった場合には、キャスがおもしろがって話したがるときに鼻にしわを寄せる癖も、すんなり楽しめそうに思う。目が三角形になるような印象もあったが、それは笑うと頬がせり上がるからでもあった。

　気紛れ（カプリース）のサラダ！　うまいこと間違えたものだ。

　ランチを食べている最中に、客からの電話があった。「〈テック・ハーミット〉です」と返事をしたら、女の声で「あ、どうも！」と言われた。むやみに明るい。まだ三十よりは手前か。

「はい」

「ロザリー・ヘイズといいます。隠者（ハーミット）さん？　ご本人ですよね」

「そうですが」

「あのう、すっごく困ってるんです。いま祖母の家に住んでるんですよね」

「はあ……」

「ええと、いまはもう、あたしの家なんです。遺言でそうなったんで。引っ越してきたのは、つい最近。祖母は九月に脳卒中で死にました」

「そりゃ、ご愁傷さまです」マイカはまたスプーンでチキンサラダをひとすくいした。

「それで、この家はテクノロジー的に言って、装備がばっちり整ってるんですよ。コンピューター、プリンター、携帯……iPodも、というかiPodクラシック」

「よかったですね」

「ところがパスワードが」

「ない？」

「祖母のパスワードがわからないんです。カンペみたいのがありそうに思ったんですけど、見つからなくて。インターネットのパスワードだけは、モデムの下に付箋でくっついてました。コンピューターのほうが、さっぱりなんですよ。新品同様だし、よさそうなんで、まじで使えたらいいんですよね。メーカーにも電話してみたんですが、どうにもならないって」

「でしょうねえ」

「見にきてもらったりすること、できませんか？」

「え！」

「プロのこつがあるとか」

「ありませんよ」

「ないの？　どうにもならない？」

「だめですね」

「あら、やだ」

「インターネットのパスワードというのは？」

「はい？」

「それは見つかったんでしょう。何でした？」

「ええっと、Mildred63で、ミルドレッドは祖母の名前。63ていうのは、おじいちゃんと結婚した年じゃなかったかな」

「それをコンピューターにも試してみたら？」

「やりましたよ。いろいろ組み替えてみたりして全然だめ。でも、やっぱり出てくるじゃないですか、プロのこつ」

「こんなのプロも何もないですよ」マイカは言った。「言われなくても試したってことでしょ」

「iPodはパスワードがかかってなかったの」何かしら見込みでもあるのか、女の声がさりげなく気を持たせるように聞こえた。「ちゃんと使えてるのよ」

「いいですね」

「ところが曲を変えられない。全部コンピューターに紐付けられてるんで。どれもこれもイージーリスニング」

「おや、まあ」

「でしょ。エレベーターとか歯科医院で流れてるような音楽」

「お気の毒さま」

「そんなわけで、一度見に来てくれるといいんだけど。もちろん基本料金はあるのよね。もしパスワードがわからずじまいでも、それだけはお支払いするわ」

「わからないだろうってことを保証しますよ」彼は言った。「――マウスパッドはどうです？」

「え？」

「その裏に付箋紙とか」

「見たけど」

「プリンターの下。机の引き出しの下。ペーパートレーの紙の下」

「どこも見た」

「じゃあ、きっとパスワード管理アプリでも使ったんでしょう。だとするとお手上げです」

「そのアプリに入ってくためにも、まずパスワードがあったってことでしょ」ロザリーは言った。

「違います？」

「それだけは記憶に頼ったんだとしたら、どうしようもない」

「そんな、あの年齢で、まさか。どこへ行くにしても、所在地を手の甲にメモ書きしないと、運転できなかった人なのに」

「ほう」

「だから、一度来てくださいよ。お願いします。基本料金いくらですか？」また気をそそるような声色になる。

「八十ドル」

「八十ね。ええ、それくらいなら」

「お宅へ伺うだけで八十ですよ。うまくいく保証なし。というより、うまくいかない保証ありです」

「そんなことといいの」彼女は請け合った。「あたし、融資の担当だから」

「銀行か何か？」

「ファースト・ユニファイド・バンク。いくらでもご用立てします」

「そりゃ、そうだ」

「必要なら横領してもいいんで」

こうなると彼も笑って、「お住まいはどこです？」

「ボルティモア市内。ギルフォード」

「ああ、はい。——でも、あらかじめお断りしましたからね」

「わかってるって。納得してます。きっと大失敗に終わって、あたしは落胆してるのを顔には出さず、その場で八十ドルの現金払い」

彼はまた笑った。「では承知。おっしゃる通りにしましょう」


レンガ造りで中央に玄関のある昔ながらの家だった。一階の窓に下がっているカーテンは栗色のベルベット。いかにも老人が住んでいそうだが、いまの所有者は若いブロンドの女で、細身の肢体をジーンズとウールのタートルネックに装っていた。頭のてっぺんからポニーテールがぴょんと発芽したように出ていて、マイカはパイナップルの葉を思い出した。口元の両端が自然に持ち上がっているらしい。にっこり笑った地顔に生まれついたのかもしれない。「ハーミットさん!」と明るく迎えられた。

「マイカ・モーティマーです」

「はい、どうも。ロザリーです。じゃあ、ともかく見てもらいましょうか」

マイカは防水のパーカーを脱ぐと——まだ雨が降っている——濡れた面が出ないように折りたたんでから、彼女について廊下を歩いた。ペルシャ絨毯、フロック加工した栗色の壁紙、ゆったりと拍を刻む大時計——。上がっていく階段は、幅が広くて、やはりペルシャ絨毯が敷かれていた。かっちりした真鍮の棒が各段に押さえを利かせている。上がってから左に折れ、主寝室と思(おぼ)

しき部屋を通り抜けると、ガラス張りのサンルームの端に寄って、どっしりした机の上に、超大型のデスクトップが鎮座していた。「こりゃ重装備だったんですね」マイカはつい口に出した。

「祖母は何でも一番が好きでした」

ロザリーはそっちに近づいた。あとからマイカも来ると思っていたのだろうが、彼はサンルームの逆側にある机に顔を向けた。やや小ぶりで、女性的だ。革製で緑色のブロッターが載っていて、小さな引き出しの数が多い。彼はパーカーと道具カバンを椅子に置かせてもらって、ブロッターを持ち上げた。その下に小さい紙が何枚かあった。「そうなのよ」ロザリーが来た。「それっぽいでしょう。だけど名刺みたいなのばっかり。他人の電話番号とか……」彼女は薄い緑色のレシートを手にして、じっと見た。「ドライクリーニングに出したものがあるみたい。近いうちに引き取らなくちゃ」

「こういうものを引っくるめて相続するってことは、予想してたんですか？」

「全然。たしかに唯一の孫ではあるんだけど、すべて父に譲られるんだろうと思ってた。ところが、どんな遺言だったかっていうと——さあ、ロザリー、あなたのものよ、って感じでね、この家があって、家具がついてて、どっさりと四十ポンドの銀器、キッチンの鍋類、サイドボードの食器類。ちょっと前までは、あたし、ちっぽけなアパートに住んでたのよ。中古の安いもんばっかり買っちゃって。いまじゃ、色分けされたフォーク付きの電気フォンデュメーカーなんてもの

「秘密のコンピューターの中身を見たりできるんじゃないかと思ってた」ロザリーが言った。「ここは閉めて、別の引き出しを開けた。

引き出しに入っていたのは、切手、ホチキス、セロハンの小袋にまとめた輪ゴム。

「ええ、どうぞ」彼女が手を振った。

マイカは椅子に置いた持ち物をフロアに下ろしていた。その椅子に坐って、机の引き出しを一つ開ける。遅ればせながら断りを入れて、「見せてもらっていいですね？」

「ふーん、あたしは孤独とも言えないかな。この近所に十人やそこらは、何かしらオーヴンで焼いて持ってきてくれるおばちゃんたちがいるのよ」

「あらゆる人間を吹き飛ばしておいて建物は残ってる。そういうことを、つい考えちゃうんですよ。どこかの家に入って、おお、プロ級の音響システムだなんて思って、LPレコードのコレクションもあったりして、プラズマテレビか何かも残っていて、何だからうれしくなるんだけども、だんだん気がついてくるんですよ。そんなものを一人で楽しむしかない。究極の孤独ってことで、そんなに喜べやしません」

「え、何？」

「中性子爆弾みたいだ」マイカはほとんど独りごとに言った。

がある」

ボタンを押すとか歯車を回すとか」

「だから言ったでしょう」マイカはスケジュール帳をぱらぱらと見ていた。美術館で売っているようなもので、左ページに絵があって、右ページには一月分の枡目がある。すべて空欄のままだ。

「メーカーがおかしいんじゃないの。一般の素人ユーザーを、そこまで当てにしないでもらいたいわ」ロザリーが言った。「人間はものを忘れるってこと知らないのかしら。失くし物もするし、メモをしなかったってこともある。さあ、こちらの千ドルのコンピューター、もしパスワードを忘れると、まるっきり何の価値もなくなりますって、よくもまあ言えるものよね」

「五千ドルの見当かもしれない」マイカはぼんやりと言った。いまはクリスマスカードの箱を見ている。やっと半分くらいしか入っていなくて、昔のリトグラフのような絵が多い。これを何枚か取り出して、スパイラル綴じのミニノートも手にした。シルクハットをかぶった雪だるまの表紙に、ひらひらした筆記体の金文字で「クリスマスカード住所録」と書かれている。右端に沿ってアルファベット順に小さいインデックスがついているので、適当につまんで開くと、「ジョージ&ローラ・インターネット」と声に出した。「Mildred63」

「え！　なになに！」ロザリーが言った。

こうなったらCのタブを開く。「ジュディ・コンピューター、1963mch」

「すごい、天才！」

彼はノートを返した。「専門学校で教わるプロのこつ」

「ほんと?」

「嘘です」かがんで道具カバンを開け、請求書用紙を出した。

ロザリーはぱらぱらとページを繰っている。「ダン&ジーン・ウォールセーフ」と読み上げた。

「左に三回、44。右に二回……。壁の金庫(ウォールセーフ)なんて知らなかった。どこの壁なんだろ」

「これから何カ月も発見が続きそうですね」マイカは請求書を書きながら言った。「毎日がクリスマスみたいだ」

「ああ、もう、ほんとに感謝だわ。こんなにうまくいくとは思わなかった」

顧客用の一枚を手渡してから、道具カバンのジッパーを閉じて、まっすぐに立った。「じゃあ、これで。ジュディ・コンピューターと、思う存分にお付き合いを」

「そうね、そうする」ロザリーは彼を送るように歩いて、サンルームから主寝室を抜けた。どう見ても若い人の寝室のようではない。ベッドは四隅に柱が立っている様式で、レースというのか、編み物というのか、そんなようなオフホワイトの布に覆われている。ベッドの上には、ぼやけた油絵が掛かっていて、膝をついてお祈りをする子供が描かれていた。

「じゃあ、理屈の上では」マイカはあたりを見回して、「食料品はともかくとして、あとは何にも買わなくてよさそうですね。着るものも一切合財あるみたいだ。もし寒いと思ったら、どこかの引き出しからセーターが出てくる」

「そう、理屈の上ではね」と言ったロザリーが、一つ笑ってから、ある引き出しを開けた。引っ張り出したのは、とんでもなく大きなブラである。グレーがかったピンク色の代物は、環状にストラップを入れた巨大なカップで、衣類というよりは甲冑（かっちゅう）の部品のようだった。彼女は両方のストラップを持って身体の前にかざした。たっぷりしたタートルネックを着ているというのに、このブラのおかげで、やけに小柄に見える。「じゃじゃーん」絨毯の上で妖精の踊りのように跳ねてみせた。マイカの顔が笑った。

一階へ下りた玄関ホールで、彼女はコートクロゼットにもぐり込み、ハンドバッグを持って出てきた。「それは、どうなんです？」受け取った代金をしまってから、マイカは言った。

「どうって？」

「ご自分のか、おばあさんのか」

「ああ、これは、あたしのです」

そうだろうと思った。すっきりした小型のバッグは、ビニール素材を明るい配色で縫い合わせたものだ。

「これでもう、あたしの家は知られたわけで」戸口の階段に出て、彼女は言った。

彼女はとっさに住所表示に目をやった。何のことだと思っている。

「また会う気になったら、電話番号もおわかりよね」

「ああ、そうですね。では、また――」

彼はパーカーに身体を入れて、玄関前から歩きだした。


帰り道では、降ったりやんだりの雨に、何度もワイパーの調整をした。交通の流れもよくない。二倍くらいの時間がかかって、ようやく家に戻り、もう降りた車のルーフから表示板をはずしてしまった。いまから電話があっても、その客には月曜日まで待ってもらう。

キッチンへ行くと、表示板と道具カバンをフロアに置いて、パーカーをドアノブに掛けた。冷蔵庫を開け、ちょっと中を見つめたが、それだけで閉めた。まだビールには早いが、いまからまたコーヒーという時間でもない。そもそも何か欲しいという気がしない。欲しい気になりたいという気がした。どうして家路を急いだのか、それすらもわからなくなっている。

寝室へ行って、化粧ダンスに置いたボウルに財布と鍵を落としてから、何の気なしに右側上段の引き出しを開けて、その中を見下ろした。ナイトガウン、ヘアブラシ……。

引き出しを閉めて、ふと考えたのだが、結局ポケットから携帯を出して、お気に入りリストから〝キャシア・スレイド〟をタップした。

「はい？」返事があった。

上昇調に聞こえたのは、よくない兆候だ。誰からの電話なのかわかっていて、そういう口をきいている。「あのう」彼はおずおずと言った。

「ああ、はい」

ちょっと安心する。「あのう」と、また言ったのは間が抜けている。

「どうしてた?」彼女は言った。

「まあ、どうにか」彼は一つ咳払いをして、「ええっと、置いてったものを届けたほうがいいかと考えてたんだ。こっちの引き出しに入れたままになってるよな」

「あ、そうか」

「いま、都合悪い?」

「いえ。あの……」

「つまり、もし郵送がよければ、そのようにするけども」

「いえ、持ってきてもらっていいのよ」

「わかった」脈搏が一つ飛んだようだ。「いま?」

「いまでいいわ」

「もう少し、時間を置くとか?」

「いまでいいってば」という言い方には、いらついた気味があった。

「わかった」彼はあわてて言った。「じゃあ、これから行くよ」

「はい」

彼は電話を切って、化粧ダンスの上の鏡に顔をしかめた。その顔の上から下まで、ずるりと手で撫でつけると、おおいに顔がゆがんだ。それから、さっきの財布と鍵を持って、紙袋でもないかとキッチンへ行った。


キャスのアパートがある街路には、ずらずらと車が駐まっていた。このあたりの住民は雨の週末にどこへも行かず、家にこもっているのだろう。だが、さほどに遠くなく駐車スペースが見つかった。彼は眼鏡を折りたたんで、パーカーのフードを引っ張り上げ、後部座席から紙袋を取って、アパートに向かった。吹いてもいない口笛を吹いているような口をして、すたすたと歩いている（ひょっとして彼女が表側の窓から見ていないとも限らない）。

玄関には、いつもの臭気が漂っていた。サイドテーブルに花瓶があって、かすみ草がドライフラワーになっている。階段を踏むと、きしんだ音がして、ここを何度も忍び足で下りたのだったと思い出した。一階に住むミセス・ラオが話し好きで、通る人を待ち伏せしては、おしゃべり攻撃を仕掛けるのだ。いま彼は階段を上がりきって、紙袋を左手に持ち替え、ドアをノックした。

彼女はジョウロを手にして出てきた。コーデュロイのズボンに男物のワイシャツ。いつも週末の服装はこんなものだ。それを見たら、さまざまな週末の記憶がよみがえった。二人でカウチに寝転がって新聞が散らかったままだったり、一緒に料理をしてみたり、ネットフリックスでシリーズ物を見ていたり――。だが、いまの彼女は、たいして歓迎する顔ではない。さっさと用事を終えてもらいたいだけなのだろう。マイカは「あのう」と言ってから、まだキャスが一言も発していないので、「じゃ、これを」と、紙袋を押しつけようとした。

彼女はともかくも受け取って、「ありがと。わざわざ来るまでもなかったのに」

「いや、そうしたかったんだ。つまり、その――」

「そうね。あの引き出しも使えるようになるし」彼女は紙袋に目を落とした。「持って出ればよかったんだわ。うっかりしてた」

「あのときは、わかんなかったんじゃないの?」

「何が?」

「出てったときには、もう戻らないのかどうか、わかんなかっただろ。それとも……これっきりと思ってた?」

「そんな、何もそこまで」

「おれとしては、この上もなく楽しい夜だと思ってたんでね」

階段の上でしゃべっていると、へんに音が響いた。ミセス・ラオに聞かれないか心配で、室内に入れてくれたらいいのにと思ったのだが、キャスは紙袋とジョウロを持ったまま、立ち話の姿勢を変えなかった。「念のため聞くけど、それって車の中でも暮らせるって言われた夜のこと？」

マイカは顔から火が出そうになった。

「あれは冗談だ。つまんない冗談。いま思えばそうだった。あれは謝らないといけない。アパートのことがストレスになってるとわかっていながら、ふざけた言い方をしてしまった」

素直に「ごめん」とは言えない男である。それはキャスにだってわかっているはずだ。彼は息を詰めて、彼女が態度をやわらげてくれないかと思っていた。

だが、そうはいかなかった。彼女は「いいえ、あなたの言った通りよ」と答えただけだ。「たしかに、あたし、それまでのルールを変えようとしてた。下手なことしたわ」

「いや、それはいいんだ」

すると今度は彼女の表情が変わった。どういうことか何とも言いがたいのだが、この階段上の雰囲気にじわりと変化が出たようだ。「ともかく持ってきてくれてありがとう。じゃあ、これで」

それだけ言うと、彼女は室内へ引っ込んで、ぴしゃりとドアを閉めた。

たっぷり一分ほど、彼はただ突っ立っていた。それだけ呆然としていたということだ。ようやくドアから離れて、階段を下りていった。

まだ玄関を出ないうちに、預かっていた鍵をキーホルダーからはずして、サイドテーブルに置いた。もう使うこともなかろう。


ノーザン・パークウェイは、歩道側のレーンが進入禁止になっていた。中央分離帯側には工事の車輌が何台も駐車中ということで、結局、真ん中に残ったレーンに左右から一台ずつ車線変更するしかなかった。マイカはブレーキを踏んで、待ちの態勢になり、ワイパーが往復するガラス越しに、じっと前方を見ていた。この渋滞が意外に長くて、そこにメールの着信音があったので、思いきって見てしまおうという気になった。キャスから、ということだって、ないとは言えない（戻ってきてよ、どうしてあんな態度をとったのかわからない——と書いてあるのかもしれない）。彼はフロントガラスに目を向けたまま、携帯をポケットから出して、親指でホームボタンを押した。ちらっと画面に目を走らす。

だが違った。ロザリーだ。「金庫に見つけちゃった　腕時計が三つとマジやばいブローチ　エメラルドで孔雀の形になってる　すっごく楽しい！」

彼はまたフロントガラスに目を上げた。

「子供の頃、母親と買い物に行ったことあるか」と問いたくなった（ロザリーに？　キャスに?)。「母親に連れられて、雑踏を歩いたことがあるか。まだまだ小さいから、母親の靴とコートの裾の横っちょで歩いてるようなものだ。そのうちに――どうしてそんなことになるのか――ひょいと見上げて、ママじゃないと思って大あわてする。まったく別人だ。髪の色まで違っている。そうと思いたい人ではない!」

というわけで、じりじり前進できそうになって、もう携帯はポケットに突っ込み、足をブレーキから離して、ロザリーに返信することはなかった。

7

日曜日の朝、もう雨はやんでいたが、いまだ空は灰白色に曇って、じっとりした空気が冷たかった。マイカは普通の長さのジーンズでランニングに出たのだが、それでも汗をかくことはなかった。水たまりを避けたり、濡れ落葉にスピードを緩めたりして走ったあとで、帰ってからシャワーを浴びることは省略し、休みの日なのでひげ剃りも省略として、のんびり朝食をとった。ところが、それからどうしたらよいのか、何が楽しいとも思われなかった。テレビを見る？　トークショーしかやっていない。本を読む？　すでに読んだようなものしかない。ソリテアのゲームを始めてみたが、途中で携帯の画面を伏せてカウチに放り出した。オフィスの部屋に行って、解説書の改訂を続けようと思ったら、まず「前書き」からして、直せばどうにかなるようなものではなかった。「さあて、コンピューターというものがある」と始まっている。男っぽいスラング調をねらったのが、わざとらしくていやになる――というか、みっともなくてたまらない。

ぶらっと歩きだそうと思った。無料の古本リサイクルで、何かしら読むものを見つくろえばよい。いつもなら、前回もらってきた本を持っていって、あらためて寄付するということにするのだが、それが見つからなくなっている。タイトルも忘れた。それだけ長いこと読書から離れていたということだ。そう、だらけた人間であることを認めよう。

ともかくも出かけることにして、地下室を抜け、玄関へ上がった。正面の入口階段まで出たら、すぐ前の道端に救急車が来ていた。ライトを盛大に点滅させ、後部ドアを全開にして、これから患者を乗せようとするところだ。搬送されるのはルエラ・カーターで、その顔の下半分くらいをマスクのようなものが覆っていた。ドニー・カーターが妻の足首あたりを軽くたたいて、「おい、大丈夫か、おい」と言っている。近所の男の子が救急車の助手席側の窓からのぞき込んで、ダッシュボードの機器を見ていた。

マイカはドニーに寄っていった。「どうなってるんです？」

「ちょっと急変して」ドニーは小男で痩せている。妻よりも小さい。ずっと病妻をかかえて、なおさら縮んで生気を失ったように見える。「おれが病院に運んだってよかったんだが、途中で発作みたいなもんが出たら、夫婦そろって溝にはまっちまうんじゃねえかと思って」

「病院まで乗せてってあげようか」

「いやあ、自分で行ける。ありがとうな。そう言ってくれるのはうれしいよ」

とりあえず救急車を見送ることにした。その後部ドアが、ばんと閉められる。ルエラは一言も発していなかった。あのマスクに口をふさがれていては何も言えまい。だが胸に組んでいる手の様子からして、どうやら意識はありそうだった。「じゃあ、何かあったら遠慮なく言ってくれ」

「そうだな。助かるよ」ドニーはそう言って駐車場へ向かった。

救急車がするすると動きだした。ライトの点滅はやまないが、サイレンは鳴らさない。よい兆候ではないかとマイカは思った。男の子は、もっと見ていたかったように、救急車が角を曲がるまで立っていた。すると、見ていると言えば、古着屋の前からブリンクが見ていることもわかった。

この古着屋は(とくに屋号はなく、看板もなく、シャツ用の厚紙にクレヨンで「古着」と書いて窓に出しているだけなのだが)週末になると「値下げ品」のテーブルを店の前に出している。ブリンクは、このテーブルの横に立って、片手に青いポリ袋を提げていた。ぴたりとマイカを見ているのだが、笑うことも話しかけることもない。

「ブリンクだよな」マイカは言った。

「あ、ども」

「おまえ、何やってんだ」いくらか声が大きくなった。二十フィートばかりの距離がある。

「あの……」ブリンクはポリ袋をかざして見せた。古着を押し込んであるようだ。「ちょっと着替えが要ると思ったんで」

たしかに、見たところ、ワイシャツがよれよれになっている。襟がぴんと立っていない。コーデュロイのブレザーも、だいぶくたびれた感じがする。

「今週、ずっと同じもの着てたのか」

こんなことを聞きたかったわけではない。どうしてそう言ったのかわからないが、この質問にブリンクはまじめな答えを返した。「シャツを新しくしたいと思って、これを」と、袋に手を突っ込んで、取り出したのは深緑色のジャージである。胸に白文字のレタリングで〝もう大人〟と書かれていた。

「もう大人？」

「長袖が欲しかったんで」

彼はジャージを袋に入れ直した。まだ近づいてこようとはしていない。そしてマイカも――すぐ逃げたがる動物を扱うように、さりげない対処として――あえて近づくことはなく、すっと目をそらしながら、「コーヒーでも淹れようか」と言った。

「いいすね」

ブリンクが寄ってきた。もはや逃げも隠れもせず、ポリ袋をぶらぶら揺らしている。

マイカの内部に、ぴくんと気力らしきものが出た。いきなり目標ができたようなのだ。アパートの中へ入れてやりながら、どうやってブリンクに勘づかれずにローナに知らせるかと計算をめぐらしている。さらにまた、彼女が来るまで、うまいことブリンクを引き留めておかねばならない。階段を下りる前に、手で合図して、ブリンクを先に行かせた。急に逃げようとした場合の用心だ。いろいろ話しかけて注意をそらそうともした。「さっき救急車に乗せられたのはルエラ・カーターという人でね。ここの住人なんだが、癌を患ってる」

「へえ、そうなの」

「ああ。旦那がいたんで、病院まで乗せて行こうかとも言ったんだが……」

すでに洗濯室、ボイラー室の前を通過していた。マイカは自室のドアを開けようと前に出て、その間にブリンクはまたポリ袋の中をのぞいた。「ボクサーパンツも買おうと思ったんだけど、そういうのがなくて」とマイカに言う。

「だろうな。それはちょっと……」

なんとなく、居間にしている部屋に、それとわかる気配があった。このところの無為にして怠惰な生活ぶりが、たとえば料理の残り物が匂うように、ふわふわと漂っている。だがブリンクは気づいた様子もなく、ブレザーを脱ごうとしていた。キッチンまで行ってから手近な椅子に、ひょいとブレザーを投げる。ポリ袋はテーブルに置いて両手を空けると、着ているワイシャツのボタンを二つはずし、頭の上へまくり上げるように脱いで「こんなの燃やしたい」と言う。そして袋からジャージを出すと、顔をぐりぐり突っ込んで首を出し、しっかりと袖を通して、これはいいと言いたげに撫でつけていた。

「どう?」と、マイカに言う。

「いいんじゃないの」

マイカは流しで、パーコレーターに水を入れていった。

「おれが寝泊まりしたあたりって、服を売ってないんだよね」ブリンクが言った。「新品も古着もありゃしない。酒とタバコくらいしかなかったな。あとは車のガソリンとか、ソーダ水、宝くじ、カニ風味のポテチ」

「どこなんだ」

「え?」

「どこに泊まってた」

「エル・ハミド。エル・ハジブ。エル何とか。忘れた」

「ホテルなのか?」

「モーテルというか。そういうのでもないかな。ヨーロッパ・スタイルって看板は出てるけど、要するに、一つの階に一つのバスルーム。だいぶ町はずれだよ。けっこうDC方面に行ってる」

「だったら……」マイカは言った。ここは慎重を要する。「どうやって動いてたんだ」

「タクシーを使う」

「タクシーか」

マイカは首を振った。パーコレーターに、挽いた粉を入れる。

「だってウーバーってわけにいかないだろ」ブリンクは言った。「デビットカードの履歴が残っちゃったりする」

もう大人。なるほどね、とマイカは思った。「仕事をさがそうとはしたのか？」

「仕事？」

マイカはパーコレーターの電源を入れ、ブリンクに向き直った。「あのな、これからどうするかっていうと、おまえのママに電話して、迎えに来てもらう」

「よせよ！」

そう言ったブリンクの顔に、ちらりと安堵の表情が浮いた。それが本物であることは見逃しようがない。

「いつまでも心配かけちゃいられないだろ」マイカは言った（そう、必要とあらば、駆け引きもする）。「心配で死にそうになってるぞ」

「そんなこと言ったの？」

「言わずともわかるってもんだ」

ブリンクがしげしげと見てきた。

これだけ近いと、ブリンクの鼻の下に無精ひげが出ているのがわかる。ぽつり、ぽつり、と黒っぽく見えているのだが、まだ毎日剃らなくてもいいような幼い顔だ。もちろん剃るに越したことはなかろう。目の下に隈(くま)ができているのは、ろくに寝ていないということか。

ここは強硬に出て、マイカは携帯をポケットから取り出し、ローナの番号をタップした。

呼び出し音が鳴ったとも思えないうちに、彼女が出た。この電話が来るのを息を詰めて待っていたようでもある。「マイカよね?」

「やあ、ローナ。いまブリンクに代わるよ」

彼女の反応を聞くまでもなく、彼はブリンクに携帯を持たせようとした。だがブリンクは尻込みして、だめだめという両手の動きを胸の前で繰り返す。「やだ」と口の動きだけで言った。

「やだ」

マイカは携帯を耳に当て直した。「やっぱり、やめとこう」

「何なの。でも、あの子、いるのよね。そっちにいるんでしょ?」

「いる」

「無事なのね」

「ああ」

「逃がさないで。すぐ行くから」と言って、彼女は電話を切った。

マイカは携帯をポケットに戻した。「ひとまず安心しただろう」

「何て言ってた？」

「それが知りたいなら、自分で話せばよかったじゃないか」

「おれのこと聞いた？　怒ってた？　そのまんま言ってよ」

マイカは、おやまあ、という顔になる。

「どうなの？　パパもいた？　そんな感じだった？」

「そんなもこんなも、いまから来るんで、逃がさないでくれとしか聞いてない」

「いま来る？」

「そう言ってた」

「頭にきてるみたいな？」

「わかんないよ、そういうことは。——おまえのことを心配してるだけじゃないかな」

「ああ、はいはい」

「嘘だってのか？」

「だから、ママって人はさあ、理解も共感もあるように思われてるんだけども、ほんとにほんと口うるさい。そうなんだよ」

これはマイカには意外ではなかった。ふと思い出すこともある。ビールの消費量についてお説教されたのだ。あなたのためなのよ、という顔になって、自分で言っていることを味わうように、「わたしの主義として、黙って見ていられないの。それじゃ身の破滅だわ」ということだったが、あの〝主義〟という言葉を聞くたびに、ついていけない口惜しさがあった。ブリンクの言い分もわかる。ちらりとそう思ったところで、ブリンクが言った。「どうして、おれのことになると、みんなケチつけたがるんだ」

「そりゃまあ、謎だよな」マイカは言った。

「うちの両親、じいちゃん、ラクロスのコーチまで！」

マイカはフックに掛かっているマグを二つ取って、「それがいやで大学から逃げたのか？」

「そんなんじゃないよ。コーチってのは高校のコーチ」

「じゃあ、なんで大学を飛び出した？」マイカは背中を向けたままに言った。あまり詮索がましく聞かせたくない。

「そうしたくなったってこと」

マイカは砂糖壺をテーブルに置いた。

ブリンクは自分の携帯をチェックしていて、当てが外れたような顔になった。「充電ケーブルを〈ライト・エイド〉で買ったんだけど、しょぼいのしかなかったんだよね」と言って、携帯をポケットに戻す。「普通の三倍くらい時間かかる」

マイカは、たはっ、と言った。

パーコレーターが最後の沸騰にかかった。それが完了して、マイカは二つのマグを満たし、一つをブリンクに持たせた。「ありがと」ブリンクがテーブルへ行って、スプーンで砂糖を入れる。だが、すぐには坐らなかった。「テレビ見ていい？」

「ああ、どうぞ」

そうしてくれるなら、ローナが来るまでの時間稼ぎになる。ブリンクが歩いていくのを見ながら、そんな計算をした。だが、そう思っていいのかどうか。あいつ自身が引き留められたがっている。もう大人、なのかどうか知らないが、一人でどうにかやっていくだけの力量はまるで備わっていないだろう。

オフィスの部屋でテレビのついた音がした。まず大人っぽい声のまじめな討論が流れて、すぐにアニメ番組のにぎやかな音楽に切り替わった。マイカはキッチンの片付けに取りかかり、ときどき手を止めて少しずつコーヒーを飲んだ。一段落してからオフィスへ行くと、予想とは違って、ブリンクはソファベッドにいるのではなく、コンピューターの横に立って、『まず電源オン』をぱらぱらと見ていた。テレビの画面では二人の子供が朝食のシリアルがどうこうと言っている。

ブリンクは解説書を持ち上げて、「これ、書いたの？」と言った。

「ああ」

「売れてる？」

「ぼちぼち」

ブリンクは本を閉じて、表紙を見た。「ビデオゲームには詳しい？」

「それほどでも」

「プレーしない？」

「ごちゃごちゃした画面がいやなんだ」マイカは言った。「わっと出てきて、あっちもこっちも、何が何だか」

「そう、だね」ブリンクは思うことでもあるのか、患者の症状を判断する医者のような口ぶりだ。

「ずいぶん昔に、テトリスをやったことはあるぞ」

「テトリス！」

「ほら、あのう、レンガみたいのが落ちてきて、ならべ替えるように――」

「知ってるよ」ブリンクは言った。「やたらに古いなって思うだけ。ビデオゲームとも言えないんじゃないの」

「まあな、いまを時めくフォートナイトだって、いずれは古くさいと言われるようになるさ。いや、それどころか、ビデオゲームそのものがなくなるかもしれない。コンピューターだってあやしいな。そんなのが廃れちゃって、また郵便や実店舗に逆戻りして、世界がわかりやすいスピードで再起動する」

　ブリンクは「つまんない妄想」と言った。

「そうか。だったら、そういうやつが本物の父親じゃなくてよかっただろ」

「うん。偽物の父親は、ビデオゲームが大好きだ」

「そうなのか？」

「嘘だよ。冗談」

「ほう」ブリンクが冗談を言えるやつだとは、いささか予想外だ。

　時計を見ると、十一時二十分だった。ローナに電話したのは何時だったか。十一時？　過ぎていた？

　時間のたつのが遅い。

　マイカはソファベッドに腰かけて、テレビに目をやっていた。ブリンクがリモコンでくるくるとチャンネルを変えている。自動車レースで止まったと思ったら、すぐにまた飛んだ。一九四〇年代らしい白黒映画が映って、その当時のきんきんした声でさかんに言い合っている男女が、まるで舞台からしゃべっているようだ。ブリンクはテレビを消して、マイカの隣に坐った。いきなり静かになったのは安らぎである。

「で、二人でどんなこと話したの？」ブリンクが言った。

「何だって？」

「おれをさがしてママが来たんだろ。去りし日の思い出を語ったりしたんじゃないの」

「そうでもないさ」

「別れたりしなきゃよかったなんて言いそうなもんだと思ってた」

「そんな話は出なかった」マイカは穏やかに言った。

「どっちがどっちを捨てたってことになってるの」

「忘れた」

ブリンクはだらけた坐り方をしていたが、また口をきいて、「ママだよね」と言った。「あの口ぶりから、そうだと思った。一生の恋だと思ったこともあるって言ってた。こともあるってのは、あとで冷めたってことだ」

マイカは何も言わなかった。

「ただ逆に」と、ブリンクは言った。「別れると言われてプライドが傷ついたんで、そんな言い方をした可能性もあるよね」

「ランチでも食ってくか」マイカは言った。

「ランチ？」

「腹減ってないのか」

「ぺこぺこ」

「よし。ちょっと待ってろ」マイカはぴょんと立ち上がった。「あーんぶーがる、どうです？」

「はあ？」

「ハンバーガー。ふらーんす風に」とりあえず企画が立って、さっきより元気になってきた。

キッチンへ行こうとしたら、ブリンクもついてきた。まず冷蔵庫から牛の挽肉を出して、「あとは、何か野菜を……」と、つぶやきながら良さそうなのを見つくろう。

「そんなに手の込んだもの作りゃしないでしょ？」

「もーちろーん」

「じゃ、フランス風ってのは、何なのさ」

「おれだよ。料理してるときはフランスっぽくしゃべりたい」

ブリンクはうさんくさそうな顔をした。

「ちょうどいいパンがないな」すでにニンジンとロメインレタス半分は発掘していた。これを肉とならべてカウンターに置く。「この挽肉、ほんとはスパゲティを作ろうと思って買ったんだが、おれの秘伝のレシピじゃ、いやだよな」

「何なのさ、それ」

「うーん、たとえばキャンベルのトマトスープなんかも入れる」

「うげ」

「ぽたーじゅ・あ・ら・とまーと！」

「気色わる」ブリンクはキッチンの椅子に——持参の衣料品を置かなかった椅子に——どかっと坐り込んで、ポケットから携帯を出してチェックした。どうやらめぼしいものはなかったようだ。すぐポケットに入れ直し、椅子をうしろに傾けた。「パパも連れてくると思う？」

「さあな」マイカは挽肉をパティの形にこねている。

「ママは運転なんてのが嫌いなんで、ほんとはパパに頼みたいだろうと思う」

「あるいは、やっぱり心配だってんで、父親も来るとかな」

「それはないんじゃないの」

マイカの携帯が鳴った。ブリンクは傾けていた椅子をがたんと戻して、どうなることかと見ていた。

D・L・カーター、と画面には出ている。マイカは「ああ、ドニー」と応じた。

「あ、どうも」

「ルエラ、どうなった？」

「大丈夫だ。普通の呼吸に戻ってる。なんだか大騒ぎしちゃったみたいだ」

「いやあ、そんなこともないだろう」

「ま、ともかく、ああして見送ってもらったんで、一応知らせようかと思ってな。心配させたまじゃ悪いし」

「わかった」とは言ったものの、たいして心配してもいなかったので、かえって申し訳ない気がした。「そのくらいですんでよかったじゃないか」

「ああ、そう言ってくれればありがたいよ。いい人だな、マイカ」

「いやいや。じゃあ、気をつけて」

「そうしよう」ドニーは言った。

マイカは一瞬考えてから、「うん、じゃあな、また」と言った。

「それじゃ」

マイカは電話を切った。

それから、ようやく思いついた。今夜はルエラが入院することになるのかどうか聞いておけばよかった。

人間を相手にしていると、海辺の遊歩道でクレーンゲームでもしているような、もどかしい気分になることがある。シャベルみたいなもので景品をすくい取ろうとするのだが、操作への反応が重くて、その距離感がもどかしい。

フライパンにヒッコリースモークソルトを振りかけた（ちらりとブリンクに横目を飛ばし、見られていないことを確かめる）。しっかり熱くなってからパティを投入して、次にニンジンの皮をむき始めた。フライパンがじゅうじゅうと鳴っていたので、ブリンクが何か言ったと気づくのに一瞬の遅れが出た。「え、何だって？」

「できればバーガーはウェルダンがいいんだけど」

「はい、承知」

「どっちか迷っているといけないと思って」

「オーケー」

ここで沈黙。フライパンだけが、じゅうじゅうぱちぱちと音を出していた。するとブリンクが「おれのこと、甘やかされたお坊ちゃんだと思ってるよね」と言った。

マイカはそっちに目を向けた。

「だよね？」ブリンクが言う。

「まあ、な」

「工事現場で働いてみろなんて思ってない？」

マイカは、皮をむいたニンジンをまな板に置いて、ナイフを取ろうとした。

「だけど生活保護家庭に生まれなかったのは、おれのせいじゃない」

マイカは、ニンジンを輪切りにして、ボウルに落とし込んだ。「おまえのママはな、おまえが腹の中にいるとわかって、教会に相談して住むところを見つけてもらったんだ。そうなった学生が、扶養してくれる夫もなく、頼れる家族もなくて、どうやって学位を取れるか、おおいに悩んだのさ」

「え、そうなの？　なんで知ってる？」

「じかに聞いた。おまえ、聞こうとしたことないのか？」

「ええと、ない」

「ともあれ、ちゃんと学費を払ってもらった大学で、入りたかった学生クラブみたいなものに入れない、とか何とか、そんなようなことのために、母親にめちゃくちゃ気を揉ませてるんだろう」

「いや、カンニングが見つかったんだ」

マイカはレタスの葉をちぎっていた手を止めて、ブリンクに顔を向けた。

「期末のレポートをネットで買ったのが、ばれちゃった」ブリンクは言う。「そういう内容を識別するソフトウェアを教授が使ってた。そんなこと知るかよ。いったん実家に帰って親に正直に話せって、学生部長に言われた。その上で親子そろって部長室で面談する。これからのことを考えよう、なんて言いやがった。これからがあるなら、ってことなんだよ。ないみたいじゃないか。たった一回のことで退学ってか。たかがレポートでそうなるかっての。で、まあ、うちへ帰ったんだけども、なんだか言い出せなくなった。ママは悲嘆に暮れるだろうし、パパは被害者みたいなこと言うに決まってる。親に恨みでもあるのか、どう言い訳するつもりだ、課題としては初歩の初歩で、どこにでもありそうな新入生向けの簡単きわまりないテーマだ――」

「で、何だったんだ、それ?」

「ラルフ・ウォルドー・エマソンの〝自己信頼〟とは」

マイカは急いで顔をそむけ、パティを一枚ひっくり返した。

「毎朝起きるたんびに、きょうこそは言おうなんて思ったんだ。まずママに言えばパパにも伝わるんじゃないか。でも、なんとなく、言えないような気がして、結局、家を出ちゃった。ジョージ・ワシントン大へ行った友だちがいるんで、そいつの家(うち)へ転がり込もうかと思ったら、そいつにはもう、何というか、自分の生活があるってことで、こっちへ戻ってきて、ここに来た。ほかに心当たりなかったから」

「おれは小学校の三年生で、つかむって(シーズ)いう単語が書けなくなった」マイカは言った。「テスト中だったんだ。原則としてiはeの前に来るが、例外もある、なんていう問題で、つかむって(seize)のが何となくしっくりしなかった。ひょいと時計に目を上げて、欠伸したら、首が横向いて、隣の子の答えが見えた。あれはタッキー・スミスってやつだ。生涯忘れられなくなったね」

「ほうら」ブリンクは言った。「だから実の父親だと思えたのも無理はない」

「こら、待て、そういうこと言ってるんじゃない。誰にだって似たようなことはあるって話だ。おまえの両親にはなかったと思うか？」

「ママはなかったろうな」

「え、ああ……」

「パパにもなかったんじゃないかな。あったとしても認めやしない。アダムズ家に不正をする人間はいない、まったく不肖の息子だ、とか何とか言っちゃって」

「じゃ、まあ、とにかく親父に言えよ。たしかに不肖の息子だったんで、もう自分でも反省して、こんなこと二度としません、と言うんだ。それから学生部長の説教があって、おしまいになるだろう。まさか退学処分にもなるまい。一回目でそれはない」

「評価はFだろうけどね」ブリンクは言った。

「いいじゃないか。一科目落とすだけだろ。もっとひどいことが世の中にはあるさ」

マイカは一つだけバーガーを皿に移した。自分用にミディアムレアだ。もう一つはまた火にかけた。

「あのさ」ブリンクが言う。「ここに住まわせてもらったりできない？」

「無理だな」

ボトル入りのドレッシングをサラダに絡めながら、まだ食い下がられるかと思ったが、ブリンクはあきらめたようだった。おとなしくしている。初めから答えはわかっていたのかもしれない。

ランチを終えて、皿も洗って（ブリンクが不慣れな手つきで水気をぬぐって）、ようやく地上からブザーの音がした。すでにマイカは居間のカウチに坐って、日曜版を読む格好になっていた。昨夜のワールドシリーズが記事になっているが、どっちのチームに肩入れしているわけでもない。ブリンクはまたオフィスの部屋にいて、ギャング映画らしき音のするテレビを見ていた。

ぶぶぶぶ。呼び鈴というよりは唸り声のようだ。怒った虫の執拗な羽音にも聞こえる。オフィスにも聞こえないはずはないのに、ブリンクが動こうとする気配はなかった。マイカは「ブリンク」と言った。

マシンガンの音しか出てこない。

「おい、ブリンク」

仕方なしに立ったマイカが、地下から玄関へ上がって、表のドアを開けると、ローナだけではなく、その背後に痩せ型でひげを生やした男が立っていた。「いるの？」ローナが言った。その視線がマイカを越えて、その先を見ようとしている。「逃がしてないわよね？」

「ああ」

きょうの彼女は普段着で来ていた。スラックスに、ケーブルニットのセーターである。その夫は前ボタンのシャツの上にカーディガンを着ていた。思っていたよりは穏やかな、えらそうな様子でもない男だ。垂れ目の顔をして、ひげには白いものが混じっている。「ロジャー・アダムズです」と静かに言って、手を差し出した。それでローナが「あ、ごめん、うっかりしてた。夫のロジャーです。こちら、マイカ」

「まあ、どうぞ」マイカが言った。「ブリンクはテレビ見てますよ」

この二人を案内して、玄関を抜け、階段を下りて、洗濯室、ボイラー室と通過した。使用中の洗濯機が一つあって、じっとりした空気に漂白剤のような臭いが漂っていたが、とうにマイカは体裁を気にする域を超えていた。ひょっとするとブリンクが隙を見て裏口から逃げたかもしれない。そういう懸念もちらついたが、行ってみれば彼はオフィス部屋の入口まで出ていて、室内のテレビがやかましい音を流していた。手にリモコンを持ったままなのが、両親、マイカというスイッチを切ってしまいたいようでもある。凍りついて身構える顔になっていた。

ローナが「ああ、よかった」と飛びついていって息子を抱きしめた。ブリンクは母親の頭越しに父の顔を見ながら、リモコンとは反対の手を母の背中にぽんぽん当てていた。「やあ、ママ。パパも」

「よう」ロジャーはうなずいたが、マイカとならんで立っているままだ。手をズボンのポケットに突っ込んでいる。

「大丈夫？　何ともない？」ローナはいくらか身を引いて、息子の顔を見上げた。「ちょっと痩せたんじゃないの。そうよね。また何なの、こんなもん着ちゃって」

　ブリンクは困ったような仕草をして、「どうってことないよ」と言った。

「いつからひげを剃ってないの。伸ばすんじゃないでしょうね」

「おいおい」ロジャーが言った。

「何よ。ちょっと聞いてるだけじゃない」ローナは言った。それからブリンクに、「どれだけ心配したと思ってんの。あんた、ちゃんと食べてた？　どこに寝泊まりしてた？」

「こいつの話を聞こうよ」ロジャーが言った。

「何言ってんのよ」彼女はくるりと夫に向き直った。「だから話を聞こうとしてるんでしょうに」

「おい、ローナ」

「ええっと、あのう」マイカは言った。「テレビ、消しますよ」オフィスに入ると、女が海岸を歩いている画面に、男の声が流れて、ある薬の副作用のことを早口でまくし立てていた。リモコンがないので本体の電源をオフにして、いくらか間を置いてから居間に戻った。たいして変わった様子はない。ロジャーは手をポケットに入れたままで、ローナはブリンクの左側から腕を抱えていた。「友だちの家にでも行ったのかと思ったのよ」と言っている。「でも、みんな、それぞれに進学したでしょう。だとしたら――」

「あの、コーヒー、いかがです？」マイカは言った。「よかったらポットに沸かしますけど」

すぐに返事はなかったが、ロジャーが口を開いて、「それは、どうもご親切に」

マイカはキッチンに向けて移動しながら、これで家族だけの時間を稼いでやれると思っていたのだが、どういうわけか三人ともぞろぞろ一緒についてきた。まだローナが言っている。「だから、それらしい友だちの家に電話して、ご両親に聞いてみようと思ったんだけども、そうしたらお父さんが……」

マイカが流しに行ってパーコレーターに水を入れようとすると、ロジャーもやってきて、おもしろいものでも見るように立っていた。

「……そりゃね、お父さんが言うことにも一理あるとは思ったけど、わたしだって落ち着いてなんかいられなかったんで、どうしたらいいのか……」

マイカは挽いた粉をスプーンで入れて、パーコレーターの蓋をして、電源コードを接続した。カウンターから振り返ると、まだローナは息子にしがみついたまま、その顔を見据えてしゃべっていた。ブリンクはリモコンをテーブルの上に置いて、目を横にそらしている。

「ここへ来たのは、どういうことだ」ロジャーが合間を見て言った。

これにブリンクが顔を向けた。答えないつもりかとも思えたが、まもなく口をきいて、「すぐ隣が古着屋だったのを覚えてた。着るものが必要だったんで」

「何だ？　どうしてボルティモアに来たかと言ってるんだ。どうして、この家に」

「実の父親かもしれないと思って」

もちろんローナはともかくとして、ロジャーには初耳もいいところだったろう。「実の、父親？」

「なんだか似たとこがありそうな気がした」

「似たところが、ある」ロジャーはゆっくりと繰り返した。

マイカは身を硬くした。ただごとではなくなりそうだ。

「ちゃんと稼いでる人だぞ」ロジャーは言った。「誰の世話にもならず、しっかり働いてるんじゃないか。どこからの施しも受けることもない」

ブリンクはぽかんとした顔になって父親を見ていた。

その父親が言う。「すまんが、どこが似てるのかわからないね」

あっさりと、初めからそのつもりだったかのように、ブリンクは母親の腕を振り切り、裏口のドアを開けて出ていった。半開きになったドアから、外光と冷気が入ってくる。

「もう、ロジャーったら」と、ローナは言った。「ちょっと、ブリンク、戻りなさい。追っかけてよ、ロジャー」

と言いながら、追っていったのは彼女である。キッチンの椅子を押しのけ、ドアを突破し、こつこつと足音を響かせて階段を上がっていった。

ロジャーが顔を合わせてきた。「いやはや、申し訳ない」

「いいですよ」マイカは言った。

「せっかくの日曜日をぶち壊したのでなければいいが」

「いやあ、どうせ予定なんてないんで」

ロジャーが手を差し出した。一瞬、マイカは頭が回らなかったが、もう一度握手をするということだ。それから、まったくあわてることなく、ロジャーも出ていった。いなくなった三人の中で、出たあとのドアを閉めようと思いついたのは、この男だけだった。

マイカはしばらく立っていた。

カウンターの上では、パーコレーターが、何事もなかったように、せっせと働いていた。さて、予想したのは、どういう事態だったろう。感動の再会場面か。このキッチンで抱き合う姿か。

リモコンを手にして、オフィス部屋に戻しておこうと思ったのだが、ブリンクの衣類が椅子に残されていた。薄汚れたワイシャツ、よれよれのブレザー――。またリモコンを置いて、ぐしゃっと衣類をまとめ、裏口のドアを開けた。「おーい」と階段に声を上げる。

返事はない。

階段を上がって、駐車場を見渡した。ローナがのんびりした足取りで、腕組みをして歩いてくる。「いま二人で話してるわ」だいぶ近づいてからローナが言った。「ちょっと時間をくれってロジャーが言うんで」

「あ、そう。これはブリンクの忘れ物だ」衣服を持ち上げて見せると、ローナが手を出そうとした。「よかったら、コーヒー、沸いてるよ」

「予定の邪魔をしちゃ悪いわ」

いまさら言っても遅いだろうに、とは思っただけで口に出さない。階段を指し示して、お先にどうぞという姿勢をとった。彼女は下りていきながら、おそらく無意識の動作なのだろうが、ブリンクの衣服を鼻先に持っていって、ふうっと息を吸い込んでいた。

キッチンで、彼女は椅子に腰を下ろし、ブリンクの服をテーブルに置いた。マイカはコーヒーの支度ということで、マグを出し、二人分のスプーンと紙ナプキンを用意する。

「まったくロジャーときたら、ぶっ飛ばしてやりたいわ」

「は？」

「うるさいことばっかり言っちゃって。そういう場合じゃないでしょうに」

「おやおや……」

「いつもはそうじゃないんだけどね。ほんとはいい人なのよ」

「だろうと思ったよ」マイカは言った。

「そうなの？——ま、たしかに、あの人からもそう思えたみたいだった」

「意外そうな口ぶりだね」

「あ、いえ……」彼女がしげしげと見てくる。「なんかおかしいけど、どことなく、たいして違わないような」

「おいおい」彼は言った。「あっちは企業の顧問弁護士で、おれは体のいい便利屋だ。何だかんだ違ってるよ。持ち家なのか、地下に住んでるのか。女房と三人の子がいるか、一人暮らしのままなのか」

「いつまでもってことはないでしょ。そのうちいい人が見つかるわよ」

「ところがいつまでもになりそうでね」

「あら、まずいこと言わせちゃったみたい」

いままでカウンターの前で立っていたマイカが、彼女と差し向かいの椅子まで行って、どっかりと坐った。「どうしてだと思う？」

「どうかしら」

「ちゃんと答えてもらうつもりで聞いたんだ。おれのどういうところが女を遠ざけるんだろう」

「遠ざけるだなんて、そんな人じゃないでしょうに」

「いや、結局は、そうなるんだよ。出だしは上々なんだが、そのうちに……まあ、何と言ったらいいのか、ちらちら横目で見られるような気がしてくる。心ここにあらずってのかな。ほかに行きたいところがあったのを急に思い出したような態度をとられる」

「そんなことがあるとは思えない」と彼女は言う。

「きみがそうだったんだよ」

「わたし！　だって、あなたが別れるって言いだしたんでしょうに」

「きみがラリー・エズモンドとキスしたんだ」

「ちょっと、マイカ、もうやめてよ。その話はしないで」

「ある日には、生涯の恋人のはずだった。次の日に、ラリーとのキスを見てしまった」

彼女はテーブルの上で手を組んで、ぐいっとせり出してきた。真顔になっている（はたと一瞬、この弁護士さんに相談したらどんな心地になるのか、わかるような気がした）。「あのですね、これは以前にも言いましたし、今度も言わせてもらいます。ラリーとは何もありませんでした。同じ聖書研究会にいた、おとなしいだけの男です。ひと言ふた言交わしたこともあったかしら。あの日の午後、学内を歩いていて、なんだか落ち込んだ日だったんだけど、たまたまラリーと行き合わせたのよ。すぐ近くまで来たら、あの人、はたと立ち止まって、いやに静かに、〝ローナ

・バーテル〃って言うのよ。この名前に意味があるみたいに、笑いもせず、手も振らず、まじめくさった顔で、じっと目を向けてきて、〃ローナ・バーテル〃って言うんだもの。わたしが見えてるっていうのか、本質まで見てるような感じなんで、わたしも立ち止まって、〃あ、ラリー〃って言ってた。だって、あの頃、あなたとはうまくいってなかったから、気分が滅入ってたのよね」

「おれたちが？　うまくいってなかった？」

「でもね、あのキスは、しようと思ってしたんじゃないの。わたしは、そんなつもりじゃなかった。ちょっと誰かに悩みを聞いてもらいたいような気がして、彼も聞きたそうな様子で、ベンチにならんで坐ってきて、さんざん聞き役になってくれたの。そしたら、どういうことかわからないけど、つっと顔が寄ってきて、キスされちゃった。あんまり予想外だったんで、一瞬そのままになってた。そういうことを言ったのに、あなた、信じてくれなかったじゃないの。どうしても納得しようとしなかった。人間ていうのは、ときとして……へんなドジを踏むじゃないの」

「おれたちがうまくいってなかったとは、ちっとも知らなかった」

「わたし、みじめだったんだから」

「きみが、みじめ？」

「あのね、マイカ、たしか十二歳になった年の夏に、公園で自転車をなくしたんだったわよね」

「十二歳！　きみとは出会ってもいない年だ」

「そうかもしれないけど、よく言ってたじゃないの。十段変速なんでしょ。かっこいい細身のタイヤで、風船みたいに太いのとは違う」

「まあ、そんなこともあった」マイカは渋々認めた。ちっとも楽しい思い出ではない。

「ねだって、せがんで、やっと誕生日に買ってもらったんでしょう。これさえあれば何もいらない、クリスマスプレゼントはなくていい、来年の誕生日プレゼントもいらない。そう言ったのよね。ほんの何週間かあとで、自転車で公園へ行って、友だちとバスケットボールのシュートをしてた。つい夢中になって暗くなるまで遊んで、気がついたら自転車がなかったんでしょ」

マイカは沈痛な顔を揺らした。「あれもまた生涯の悲劇だった」と言ったのは、冗談ばかりではない。

「でもね、どうして忘れられるのよ。午後からずっと自転車が頭から飛んじゃうってことがあるの？　そんなに欲しくてたまらなかったものなら、片時も気になってならないってもんじゃないの？　ところが、すぐに慣れちゃうってことよね。いったん自分のものになってしまえば、おかしなことが目についてくる。ブレーキがきいきい鳴るとか、塗装に傷がついたとか、何だか知らないけどそんなことがあって、どうでもよくなっちゃったんでしょう」

「どうでもいいなんて、そういうことじゃない」

「そうなのよ」ローナは引かなかった。「わたしは自転車だった。あなたが十二歳の夏に公園でなくした自転車」

これには目をぱちくりだ。

「たいして大事なものじゃなくなってたのね。何を言ってもケチつけられて、しゃべってるとおもしろくもなさそうな顔されて、その場の誰よりもつまらない人間みたいに扱われた。わたしの価値を見ようとはしなくなってた」

「おれが?」

「そのうちに、ラリーがどうこうって話になって、あなた、事情を聞こうともしなかったじゃない。これ幸いと口実に使われたみたいだった。だめだ、もうおしまいだ、って言ったわよね。わたしが別れたくないって言ってるのに、さっさと離れてって、それきり顔を見ることもなかった」

「ちょっと待った。おれが悪かったたって、そういうことか?」

とは言いながら、いわば半透明のスカーフのように、ふわりと落ちかかってくる記憶もあった。たしかに、当時、彼女に対しては、おぼろげな不満が出つつあった。また逆に、こちらの欠点に気づかれだしている懸念もあった。この恋愛は、かつて思い描いたような完璧なものではない、という感覚が生じてきていたのだと、いまになって思い出される。

「ま、そんなことはともかく」ローナは急にしゃきっとして、「もう昔のことよね。あなたにだって、いまの暮らしがあるみたいだし、そのうちいい人が見つかることも間違いない。わたしにもしっかりした出会いがあって、三人の子供がいて、いい子に恵まれたと思ってる。一人だけ、ちょっと難しい時期にさしかかっちゃってるけど、いずれどうにかなるでしょ」

「ああ、そうだな」マイカはぼんやりと言った。過去への見方を修正されて、その変化にまだ適応しきれない。

「ロジャーがうまく話をして、きっとブリンクだって納得すると思う」

そう言うと、彼女はしっかり坐った。テーブルに置かれたブリンクのブレザーに手を伸ばし、ぱんと広げて揺すって、きれいに二つに折りたたむ。「どうかすると」これは思いめぐらすように言った。「いままでの人生を振り返って、まず確実だと思えるんだけど、人生って、もともと用意されていたみたいね。ここを行くんだって決まってるような道かな。その時点では茨や切り株だらけで通りにくいと思えても、やっぱり行くと決まった道だった。そういうことよ」

「いや、まあ……」

「どうなの」彼女はブレザーを脇へ置くと、「いまでも消息があったり――」

すると裏口にノックの音がした。くっきりした音が三度――。ロジャーだろう。ブリンクではない。だがマイカが立っていって開けると、二人そろって立っていた。ブリンクも父親の横にいる。

「ああ、どうも」マイカは言った。

父子ともに黙っている。ブリンクはむっつりした顔で目を伏せていた。ロジャーは息子から目を離さない。ドアを閉めるブリンクの邪魔をしないように動きながらも、ずっとブリンクを見ていた。

「おかえりなさーい！」ローナが言った。すでに席を立って、両手を組み合わせている。

ロジャーが「ほら」と息子を促した。

「わかってるよ」

ブリンクは母親のほうへ一歩踏み出した。もう目は上げている。「あのう、ママ。おれ、すごくプレッシャーかかってたんだ。レポートの提出期限が迫って、ズルしたのがばれちゃったというか、それで呼び出しを食らって、実家に帰って白状するように言われて、今後のこともあるから親もまじえて相談するらしいんだけど、それでストレスが半端なくなって逃げた」

これだけで話は終わったようだ。彼はローナに目を合わせたまま、ぴくりとも動かなくなっている。

ローナは一瞬とまどってから、どうにか言われたことの核心をさぐり当てた。「何なの、そのズルっていうのは」

ブリンクがちらりと父親に目を向けて、厳しい視線を返されていた。

「時間がなかったんだ」ブリンクはまたローナに顔を向けて、やっと話しだした。「すごく課題が出る。あのレポートは締め切りが翌日に迫ってて、ほかにもやることはあったんで、あの……もうわかるかもしれないけど……オンラインで、それらしいのを買っちゃった」

「ちょっと、そんな！」ローナは悲鳴を上げた。

ブリンクはぎゅっと口を結んだ。

「あんたが、どうして？　よく出来る子で、才能があって──」

「おい、ローナ」と制するようにロジャーが言った。

これは助かった。さもなくばマイカが同じようにブリンクをかばったかもしれない。

ローナは黙った。

ブリンクはまた父親に目を投げておいて、ひとつ咳払いをした。「で、これからどうするかというと、学校へ戻って、しっかりと結果に向き合う」ここでまたローナの顔を見て、「そうしたら、ちゃんと勉強して、また自慢の息子になれるよう頑張る」

どうにも歯が浮くようなことを言うもので、どうせ父親に言わされているのだろうとマイカは思ったが、ローナは表情をやわらげていた。「あらまあ、いつだって自慢するわよ。そうよね、ロジャー」

「ああ、うむ」とロジャーは言った。

ローナは進み出て息子を抱きしめた。息子は母に抱かれて動かず、父親はポケットに手を突っ込んだまま、鍵なのか硬貨なのか、じゃらじゃらと鳴らして、優しげな目で見ていた。

いくらか下がったローナは、もう実務派に変身していた。「じゃあ、帰りましょ。日曜日の夜だわ、楽しく家族団欒(だんらん)よ。あしたになったら学生部長さんに会おうね。お兄ちゃんが帰れば、小さい二人も喜ぶわ」

彼女はテーブルの上からブリンクの衣類を回収したが、一方の腕は息子から離さず、まるで逃がすまいとしているようで、そのまま戸口へ歩かせていった。ロジャーはドアを開けてやっていたが、最後に外へ出てから振り返って、「ありがとう、マイカ」と言った。

「またどうぞ」マイカは言った。

「あ、そうだ！」ローナがくるりと回った。「ほんとに、ありがとう。もうお礼の言いようも……」

マイカは、それじゃ、と片手を顔の横に上げてから、ドアを閉めた。

もうパーコレーターは溜息のような音を立てているだけだった。とうに出過ぎだ。空っぽのマグ。スプーンとナプキン。お客さん用の準備はできているが、お客さんがいなくなった。

スプーンを引き出しにしまって、ナプキンは外袋に押し戻した。マグはフックに掛け直す。パーコレーターも電源プラグを抜いて、コーヒーは流して捨てた。

8

こういう男は何を考えて生きているのかわからない。ごく限られた暮らしである。引きこもりも同然だ。今後に期することはなく、これといった夢想もない。月曜日の朝に起きると、細く目を開けたような窓から入る光は、わびしい、儚い、くすんだ色をしている。目覚ましラジオから流れるニュースは、言いようもなく悲しいものばかり。シナゴーグで乱射事件があった。イエメンで一家全滅の死が続く。移民の子供が親から引き離されると、まさかの偶然で翌日に再会したとしても、元通りの子供ではいられない。そんなことをマイカは鈍感に聞いている。びっくりしない。

もう一度、ずるっと眠ろうとするのだが、夢の断片でぶつ切りの浅く乱れた眠りになる。落とした財布がブルガリアのソフィアで見つかったという夢を見る。チューインガムを呑み込んだ夢も見るが、そんなものは小学生の時分から口に入れたことがない。

寝るのはあきらめて、もぞもぞと起き出し、バスルームへ移動する。それからランニング用の服に着替え、ラジオは切って、地下の通路を抜けていく。玄関への階段を上がりながら、太腿に手のひらを添えたくなった。身体が重い。

外に出ると、空気にディーゼル油のような臭いがある。土曜日に雨が降ってから、まだ地面が乾かない。ゆっくりしたペースで、のたのた走りだすと、なんだか胸が詰まるような、いつもの呼吸とは違う感じがする。道路を渡って北に向かう。つかえていた胸がほどけてきて、やや速度を上げる。バス停で待つ人がいる。西向きに折れて隣の区域へ行けば、歩道に人影はまばらだ。ぽつぽつとランニングの人がいて、道路の反対側を過ぎていく。交差点では、作業員がトラックに積んできた三角コーンを下ろそうとしている。ローランド・アヴェニューまで走ると、いよいよ通学の集団が見えてくる。小さい子がなかなか進まなくて母親に急き立てられ、大きい子同士が突っ転ばすようにふざけている。

ようやく南下して、一周コースとしては帰路にかかる。すっかり腰の曲がった老人が、ブリーフケースを持って、階段の手すりにつかまりながら、戸口から道路へそろりそろりと下りてくる。ひどく旧式のビューイックにたどり着いた老人は、ままならぬ手でドアを開けると、ブリーフケースを助手席に押し込んで、いいかげんにドアを閉め、両手を車体に置いた伝い歩きでボンネットを回って、やっと運転席のドアを開け、じりじりと微速の動きで車内に消える。なんとなく、よけいな手出しはしないほうがよい、とマイカは思う。ただ一応は、歩く速度までペースを落として、老人が無事に坐れたかどうか見ている。

いずれ年をとる。それが他人ごとではないのは充分にわかっている。健康のこと、保険のこと。何やかや面倒が出てきて、当てになる年金はない。まだまだ四十代とは言いながら、身体への自信がわずかに揺らいできた。ものを持ち上げる際には以前よりも用心している。ランニングでも息が切れるのが早くなった。天候が急に変わったりすると、ずっと昔にバスケットボールで左の足首を痛めた古傷に、いまになって響くような気がする。

今度は東向きに走っていくと、大きな柘植(つげ)の木があり、ハロウィンの飾りつけで蜘蛛の巣が張ったように見せかけている。二人の女がわれ先にパーキングメーターの料金を入れようとしているので、大きく避(よ)けて通る。ちょっとした錯覚から、新聞受けであるものを、ジャケットで着ぶくれした子供かと見てしまう。だいぶ視力がいかれてきた。その傾向は、無生物を人間に誤認させる症状として、顕著に現れているようだ。

レイクトラウトの料理店を通過してから、歩く速度になってアパートの正面に近づく。両手を腰に当て、はあはあと息をしながら、正面ポーチへの階段を上がる。ブランコ椅子に向けて、ちらりと反射的に目をやるが、きょうは待っている人のいるはずもない。

熱いシャワーでさっぱりする。〈ジャイアント〉で買ったばかりの石鹼がいい匂いだ。しかしシャワーを終えて、腰にタオルを巻いた格好で流しの前に立ったら、ひげを剃ろうという気が起こらなくなっていた。曇った鏡に手のひらの下半分を押しつけ、大きく弧を描いて湯気をぬぐう。映った顔を見つめるのだが、これをどうしようとも思わない。きのう剃らなかった無精ひげが、だいぶ目立ってきている。ざらついた黒いマスクをしたようで、ちらほらと白く光る箇所もある。むさくるしい。

だから何だ。

寝室で服を着る。キッチンへ行って朝食の支度をする。トーストでよい。半分残っているオレンジも食べてしまおう。これは切り口を下に向けて小皿に載せ、冷蔵庫に入れっ放しになっていた。乾いてしなびたように見えるがかまうことはない。ステーキ用のナイフで楔形（くさびがた）に切り分ける。コーヒーを淹れるのが面倒くさい。坐るのさえも面倒だ。カウンターの前で立ち食いとして、トーストをかじっては、オレンジの切片に吸いついた。壁の上方に留めたカレンダーが、まだ八月のままになっている。そもそも紙のカレンダーに実用性を感じなくなった。八月の写真は、ベージュ色の哀れな小犬で、片目に包帯をしている。動物保護団体が郵便で送ってきたカレンダー。

もう一つ、けさ見た夢が、ふわりと心に戻ってくる。彼は父親と車に乗っていた。もうバーサおばさんの家なんか絶対に行かないと言っている。この夢が細かいところまで鮮明に思い出されて、内装の埃っぽいフェルトの匂いまでわかるようだ。ところが夢の中の父親は全然知らない人であって、バーサおばさんも実在しない。へんな偶然で他人の夢を見ていたような気もする。いまにして思えば、けさ見た夢はどれも借り物だったのかもしれない。

トーストを食べ残したが、もうオレンジの皮と一緒にゴミ箱に捨てる。小皿をざっと水洗いして戸棚に戻す。ステーキナイフも洗って引き出しへ。きょうは立ち食いだったのだから、テーブルまわりにスティック型掃除機をかけるまでもない。ただちにフロアのモップ掃除に移行する。「もっぷ、カケル、おー、タイヘン」と一人で口に出すが、すぐにモップとバケツを持ってこようとはしない。

それよりもオフィスに行って、メールのチェックをする。政治がらみでは、候補者の宣伝、寄付集め。お徳用セールだと、スノータイヤ、マルウェア対策ソフト、雨樋の清掃。削除、削除、削除。ケガーが水曜日にアップルストアで落ち合えるかと言っている。まあよかろう。これは了解。ちょっとした親戚付き合いも悪くない気分だ。『テック・タトラー』の定期購読が来月末で終了、こちらをクリックして継続を、しない。削除。

もうログアウトしようと思ったら、あるメールの着信があったことに気づいた。差出人はローナ・バーテル・アダムズ。〝ちょっとお知らせ……〟という書き出しのようだ。これだから携帯を手元から離すのはまずい。しょっちゅう後追いになる。アイコンをクリックして続きを読む。

〝ちょっとお知らせしますね。うまくいきそうです。帰りの車の中でじっくり話をしたので、月曜には大学で面談してもらおうと思ってます。ありがとう、感謝感激、ローナ〟

これに返信しようかと思って、結局しない。どう書いたらいいというのか。――〝まさかお知らせがあるとは思いませんでした、おそらく私などは、どうせ……〟

机から椅子を引いて、立ち上がり、居間へ行く。アフガン、携帯、ビールの空き缶三つ、テークアウトのメニュー、ポテトチップスの袋――などなど、しかるべく片付ける。それくらい寝る前にすればよいと思うのは、いまに始まったことではないのだが、仕事として片付けることを一日中こなしたあとでは、やる気も何もあったものではない。

おれたちがうまくいかなかったとして、おれだけのせいになるのはどうしてか。おれのことを、いったい何だと――

いやいやと首を振る。いいから先へ進む。ローナなんてのは過去のことだ。みんなそうだ。ザラも、アデルも、最後のキャスも――。これで解放されたと思えばよい。たしかに吹っ切れた感じがする。ローナはうんざりするほど説教くさくて、ザラは〝ザ・ダンス〟(と称するもの)に執着した。アデルは稀少動物にこだわって、珍種の蝶が絶滅した話をするのに、「あのね、ちゃんと聞いて」と語りだした。すぐ目の前にいたのだから、聞いていることくらいわかりそうなものだ。「いい? 言うわよ」と前置きがあるのは、自分から先に笑いだして、いまから冗談を言うのだと教えている人のようだった。ではキャスはどうだったか。そう、キャスにだって、文句を言いたいことはある。彼にどうしてもらいたいのか、そのあたりについて曖昧にごまかしていたのは不誠実だ。どうしてもらいたいのか彼にわかるはずがない。読心術の専門家ではないのだ。

いま彼は、ポテトチップスの袋を捨てたばかりの屑籠に、じっと睨んだような顔をする。携帯が鳴るので、ポケットから出して画面を見る。知らない番号からだ。

これに応じて「はい、〈テック・ハーミット〉です」と言う。

女の声で「〈テック・ハーミット〉?」と聞かれる。

何だこりゃ、という顔になって、「そうですが」と答える。

「あたしって、いま困ってるんですよね」若い声だが、それほど若くはなさそうだ。へんに語尾を上げる癖は、もう卒業してもよかろうに。「いきなり終了しちゃったりするじゃないですか。いま使ってるアプリだってそうですよね。それで画面にお知らせみたいのが出て、これを報告いたしますとか言いますよね」

「うーん、まあ」

「このまんま、はいで進んじゃっても、とくに問題になったりしません」

最後の質問だけが上昇調にならないのだから、おかしなものだ。

「それが問題というと、どんな?」マイカは言った。

「こっちの個人情報がわかるじゃないですか」

「え、何です?」

「個人情報とか盗もうとする仕掛けなんじゃ」

「いやあ」

「ちがうの?」

「それはないです」

沈黙が生じた。彼を信用するかどうか検討しているような気配でもある。

「報告しても差し支えはないでしょう」マイカは言った。「もし気になるようでしたら、しなくたってかまいませんよ」

そんなものは、と彼はうっかり言いそうになる。どうってことにもならない。もっとひどいことはいくらでもある。いまの彼の気分だと、個人の履歴には失せてもらいたいくらいなのだ。

「あ、そうなの。じゃ、どうも」女はそれだけ言って電話を切る。

どうせ無料でよいとは思ったが、向こうから相談料を聞きもしない。

屑籠をキッチンへ持っていって、流しの下のゴミ箱に空ける。あすは収集日だが、こんな一人暮らしでは、ゴミ袋一つほどの量にもならない。

しばらくして、キッチンのテーブルで、『サン』紙をぱらぱら拾い読みしていると、次の電話が来る。「アーサー・ジェームズです」と男の声がする。「覚えてます?」

「ええっと？」

「二カ月ばかり前に、外付けディスクをセットしてもらいました」

「ああ、はい」マイカは言って、それらしく聞こえていればよいが、とも思う。

「あのう、プリンターがいきなりスキャン不能になりまして、きのうは可能だったんですが、きょうはさっぱり」

「電源を入れ直してみました？」

「やったけど、どうにもならなくて」

「ふーむ」

「それで見に来てもらえればいいんだけど」

「ご住所、どこでしたっけ？」

男が教える住所を、トースターの横のメモ用紙に書き留める。「では伺います」電話を切り、書いた用紙を破りとって、車のルーフにくっつける表示と道具カバンをつかんで、裏口から出動する。

もう朝とも言えない午前中で、カーラジオから流れるのは一般人が電話をかけてくるトークショーだった。こういうのは最低の企画だとマイカは考える。誤情報に踊らされた町角のご意見を、誰が拝聴したいものだろう。選局を変えようと思うだけは思いながら、それもまた億劫（おっくう）だ。

いま電話しているのは、ざらざらした声を出すアイオワ州の男で、自分の声がオンエアされていることにびっくりしていた。「あれ、もしもし、いま放送中？」

「はい、はい」司会者は急がせようとする。

ところが、いつものことで、どうしても何やかやのご挨拶が言われる。「あ、こりゃどうも、おはようございます」そして間があく。

「では、どうぞ」

「はあ、まず、いつも楽しく聞かせてもらっておりまして――」

「それで、きょうのご意見は？」司会者が言う。

「え？　そしてまた、この電話を採用していただけたのは、まことに――」

「はい、こちらこそ。ご発言よろしく」

電話の男は、だらだらした話を始めるが……きょうの論点は何だったのか。警察の暴力。そんなようなものらしい。男は何か言おうとすると、おかしな癖が出る。「いや、そのう」と連発して、「あー」とか「えー」とか言ってばかりで、それが自分の耳にも届いているだろうに、司会者から「だから、つまり」、「いや、あのですね」などと突っつかれても、まったく気が回らない。

「これだから素人は困る。ラジオなんてプロにまかせりゃいいんだ」マイカは電話の男をたしなめたくなる。一方で司会者にも「あんただって、もうちょっと言いようがあるだろうに」と思う。

大型のタンクローリーが、交差点をふさいでいる。きょうは〝交通の神様〟も、ぴりぴりいらだっているに違いない。ひどく流れが悪くなっていて、やっと通過して走りだしたら、もう電話が終わっていてくれたのがありがたい。ニュースに変わっている。ヨルダンで鉄砲水、コロンビアで土石流。ある不法移民が、たとえ強制送還されても、また戻ってくる、と言っている。二度でも、三度でも、あきらめることはない。ほかにどうしようもないのだから――。ここでもうマイカはラジオを切る。ノーザン・パークウェイの赤信号で止まると、隣にいる車のラジオが聞こえてくる。ヒップホップ調にがんがん鳴っていて、重たいビートが鼓膜に響くようだ。彼はまっすぐ前を見て待つ。ハンドルに添える手は、きっちりと十時と二時の位置。だが心の中では、またローナにメールを書いている。

〝おれが間違えたのは、ただ一つ、完璧を期そうとしたことだ〟

突然、彼は方向指示を出して、信号が変わると、北へ直進ではなく、東に向けて走りだす。ラジオがおとなしくなっているので、車の内外の音がよく聞こえる。じっとりした舗装面にタイヤの走行音、ミシンが動作するようなエンジン音、ちょっとした路面の具合でカバンの中の道具がかたかた揺れる音。ロックレイヴン・ブールヴァードの交差点を過ぎ、さらにペリング・パークウェイを越える。

右折して、ハーフォード・ロードを行く。

いま十一時十八分。この時間だと四年生のクラスは何をしているのだろう。もうランチタイムということはあるだろうか。それまでは待ちたい。駐車場で待たせてもらえばよい。しかし、その時間に、そうとわかるだろうか。どうせ屋内にいるはずだ。カフェテリアへ行くだろう。食べ終えたらすぐ外に出るだろうか。それとも昼休みはずっと中にいるのか。もし午後まで待つことになっても、そんなことはかまわない。午後になるまで車内に坐って待つ。ほかにどうしようもないのだから――。

右折して、左折して、また右折。ほぼ住宅地と言ってよい地域で、小さな家に小さな庭があって枯葉が散っている。増毛やニット用品のような、個人営業の看板を表に出している家も少なくない。野球広場のダイヤモンドを通り過ぎ、それからリンチピン小学校があって行き止まりだ。くたびれた二階建てのレンガ校舎。コンクリートの階段は縁が欠けそうで、窓にはどぎつい色彩の絵が貼り出されている。土のグランドが左側に広がって、ブランコやジャングルジムがあって、そう、子供がいる。うじゃうじゃと大勢……。

どうにかなりそうな気がする。アスファルトの駐車場で車を降りて、しっかり様子を見たいので、眼鏡は掛けたままにする。ただ、ここにいる子供たちは、四年生にしては幼すぎるかもしれない。輪になってぐるぐる回る遊びをしている。ぼってりと荷造りされたような外見は、大人に服を着せてもらう子供にありがちなことだ。などと思いながらも、この集団に近づいていく。その向こうには、いくらか年上の子供たちがいて、男女に分かれる傾向が見えている。男の子は、たいした理由もなく、どたばた取っ組み合って、女の子は縄跳びのようなゲームを考案したらしい。縄を大きく回しながら、「緑の草の谷底で」と歌っている。「かわいいアリソン、バラの花みたいに、すわってる」アリソンというのは、ぴょんぴょん跳ねている子の名前だろう。着地するたびに、編んだ髪の毛が後頭部で飛び上がる。「アンドルーがやって来て、ほっぺにチュッ――」

するとアリソンは、「それってアンドルー・エヴァンズのこと？　おえっ！」

「今週、何回キスされた、いーち、にい――」

「四年生？」マイカは手前にいて縄を回している子に言う。

「え、なに？」

「みんな四年生なの？」

「みんなじゃないけど」

「先生はどこ？」

「ええっと……」

この子は何となく見回して、つい縄を動かす手がおろそかになり、アリソンが足を引っ掛けて止まる。「いまの、ずるい！」アリソンがほかの子に言いつけるように、「シャワンダが遅いんだもん」

「あ、ごめん。おじさんが悪かった」マイカは言う。「ちょっと用事が――」

子供たちを迂回して通ろうとするが、まさか地面にジャケットが脱ぎ捨てられていたとは知らず、これに左の靴が引っ掛かって、彼は膝をついてしまう。「先生に用事があるんで」と言いながら立とうとする。足は何ともなくて、しっかり立てたのだが、この小さな不幸が、女の子たちの警戒心をかき立てたようだ。ぱあっと校舎へ逃げようとしながら、口々にスレイド先生を呼んでいる（「ミズ・スレイド！」が「置き忘れ（ミスレイド）！」のようにも聞こえる）。「へんな人がいます！」

「いや、ちょっとスレイド先生にお話があるだけなんだ」マイカは言う。それから「ちょっと話があるんだ」と切り替える。すでにキャスの姿が通用口から出てきたからだ。いくらか下を向いて、歩きながらパーカーのジッパーを上げようとしている。かなり近づいてから、やっとマイカに気づいたようで、目を上げて、眉間にしわを寄せる。「マイカ？」

「おれは下手なことばかりしてた」マイカは言う。「間違ったことはするまいと思ってたら、いまみたいになった」

「何なの？」

「こんなになっちゃったよ。どうってことない人生だ。これからどうしていけばいいのか」

「あら、あら」彼女は踏み出してきて、やさしく彼の手首を押さえる。彼が気を揉むように、手をぐりぐり合わせていたからだ。その膝を見れば、じっとりした粘土質の泥がくっついている。

「どうしちゃったの」

「その人、あたしのジャケット踏んで転んだんです」ある女の子が言う。すでに地面から拾い上げ、ぱんぱんと器用にはたいている。

だがマイカは、キャスに言われたことに、あえて趣旨の違う返事をする。「つらい心を抱えた人。おれがそうなっちゃった」

「まあ、ハニー」

彼女が〝ハニー〟などと言ったのは初めてのことだ。よい兆候であればありがたい。そうかもしれないと彼は思う。腕を回してきてくれるのだ。そうやって校舎へ向かわせようとする。ぴったりくっついて歩くから、なんだか二人の足がもつれそうで、彼はうれしくなってくる。

訳者あとがき

アン・タイラーは、一九四一年、アメリカのミネソタ州ミネアポリスに生まれた。ピュリッツァー賞そのほか受賞歴のあるベテランである。一九六七年からメリーランド州ボルティモアに住んで、その周辺に取材することが多い。念のため、ボルティモアの位置を——ニューヨークから南西方向に、フィラデルフィア、ボルティモア、首都ワシントンという順にならんでいるのだと——再確認していただければ、それだけ読みやすくなるかもしれない。

本作は著者にとって二十三冊目の小説で、原書の初版は二〇二〇年。刊行時には四月になっていたが、執筆されたのはコロナ禍の世の中になるよりも前である。しかし、ある意味で、というよりは本来の意味で、ソーシャル・ディスタンスという言葉を使って考えたくなるような作品だと訳者は思っている。単純に身体的な距離ではなく、その人の生き方として、他者とどのような距離をとっているかという問題だ。また同時に、自分の現在や過去に対して、どういう距離をとるかという選択でもある。

だが、その前にまず題名について（未読の方はご注意を）――。これに戸惑う読者も少なくないだろう。原題は『道端にいる赤毛の人（*Redhead by the Side of the Road*）』ということで、そういう人が歩道に立っているのかと思えるのだが、そんな人物は作中に登場しない。赤いものの正体は消火栓なのである。主人公マイカ・モーティマーが毎朝のランニングをして、いつも通る道に赤い消火栓が立っている。マイカは、もう四十代とも、まだ四十代とも言えそうな、独身の中年男なのだが、そろそろ視力に自信がなくなっていて、走っている前方に見えてくる古ぼけた赤い物体が、ひどく小柄な人間にも見えてしまう。それが目の錯覚だと充分にわかっていながら、その錯覚を何度でも繰り返している。

これはマイカという人間の本質に関わることだ。彼の日常は決まりきった繰り返しでできている。いわばランニングと同じで、いつもの道順を守っている。だからといって、つまらない人間なのかどうかわからない。うだつが上がらない、と言ってしまえばそれまでだが、ずるい商売をして稼ぐ人間よりも、はるかに好ましいことは間違いない。まっとうな役割を果たして生きている。だが、そんな暮らしの中にも、ちょっとだけいつもとは違うこと、おかしな錯覚めいたことが、絶対にないとは言い切れない。

そういう男の生活に、まるで著者がいたずらを仕掛けたかのように、いつもの距離感を乱す事態が発生し、そこから玉突きになって次の展開もある。もう二十年以上も前に離れていった恋人ローナの息子だという若いやつが現れて、なんとマイカが実の父親ではないかと言う。もちろん身に覚えはないのだが、呼び覚まされる記憶は、塩辛くて、甘くもある。だからどうなるというものではないのだが……。

アメリカで初版が出た当時、AP通信によるメール取材の中で、著者はおもしろいことを言っている。「今回は、初めて、まったくアイデアがない状態で書き始めました」というのである。何を書こうかと頭をひねっていて、ひょいと思いついたのが、「……のような男は、何を考えて生きているのかわからない」というセンテンスで、まだ名前も決まっていなかった。では、わかるようにしよう、と考えるうちに「一人暮らしで、付き合いが少なく」という続きも出た。その先は見当がつかなかったが、ともかく書き出しができたので進めていった。それで書けてしまうのはベテランの芸としか言えないが、一方で、まさか冗談ではあるまいなとも言いたくなる。適当な思いつきから計算もなしに書いたとは……いや、それがベテランなのだろう。著者としては短めの一冊の中で、きれいに構成してまとめている。

ほぼ真ん中に、マイカも呼び出されて出席するパーティがある。がちゃがちゃした大家族の場面で、ここに初めて来たリリーが「皆さんの名前を覚えていられるかどうか」と心配するくらいだから、もう誰が誰だかわからなくなりそうだが、そんなことは著者の想定内だろう。いくつものお手玉をひょいひょいと操るように、大人数を登場させている。この場面が全体の折り返し点になって、その前後のマイカは、たしかに付き合いの少ない暮らしをするので、彼一人、あるいは二人、せいぜい三、四人での場面が続く。

最初と最後の章が同じ書き出し（「何を考えて生きているのかわからない」）であることも、ゆるやかな対称性の印象につながる。そして、もう一つ、「つらい心を抱えた人」という第三章に出ていたフレーズが、ふたたび最終の場面でも使われるので、もし見逃していたら、もう一度、八八ページを参照されることを勧めたい。決まりきった暮らしの男に、おれもそうだ、と気づくだけの変化があった証拠になる。

つまり、「いつも」のことばかりの生活に、ひょっこりと「いつもでない」ことが飛び込んで、いままでとは変わるのかもしれない。そういうことだってありますよ、という話の中で、彼が最後に導き出す答えはどんなものか、その方程式の変数になるのが対人関係の距離感なのである。

ほぼ地下に位置しているアパートで、いくらか窓から外の様子がわかる。それだけでも、マイカは社会から、完全にではないが、相当程度に、引っ込んでいるように思える。ニュース報道を聞いても、ほとんど聞き流している。だが彼はアパートの管理人を兼ねているので、もちろん住人たちとの付き合いがある。また本業にしているパソコンの出張業務でも、当然、顧客との対応がある。そのような既定の役割にある彼は、標準サービスの範囲で目一杯に好人物だ。しかし、たとえばキャスと出会った日のように、あえて対人距離の既定値を踏み出すという、彼としては例外的な突発事もある。息子を名乗る若い男が現れたら、もう異常値もいいところだが、結局は、いつも顧客に言うように、ちょっとしたことを試してみるとよいのだろう。最後に彼は業務として走りだした道順を変える。たぶんキャスとの関係にも再起動がありそうだ。

くどいようだが、著者はコロナ禍を意識して執筆したのではない。はたして次の作品にウイルスが出るのかどうか、前述のインタビュー記事の中では、「現時点の事柄というのは、なかなか書けるものではありません。しばらく熟成させてからですね」とも言っている。「それが本当に何なのか見きわめるには、ちょっとしたディスタンスが必要なんです」

つまり作家にもソーシャル・ディスタンスがある。社会との距離の取り方に、それぞれの流儀があるということだ。

二〇二二年一月

訳者略歴　1956年生，東京大学大学院修士課程修了，英米文学翻訳家，東京工業大学教授　訳書『オリーヴ・キタリッジの生活』『バージェス家の出来事』『私の名前はルーシー・バートン』『何があってもおかしくない』ストラウト（以上早川書房刊），『停電の夜に』ラヒリ，『グレート・ギャッツビー』フィッツジェラルド，他多数

この道の先に、いつもの赤毛

2022年3月20日　初版印刷
2022年3月25日　初版発行

著者　アン・タイラー

訳者　小川高義

発行者　早川　浩

発行所　株式会社早川書房
東京都千代田区神田多町2－2
電話　03－3252－3111
振替　00160－3－47799
https://www.hayakawa-online.co.jp

印刷所　株式会社亨有堂印刷所
製本所　大口製本印刷株式会社

Printed and bound in Japan

ISBN978-4-15-210091-7 C0097

乱丁・落丁本は小社制作部宛お送り下さい。
送料小社負担にてお取りかえいたします。